Philipp Aronstein

Benjamin Disraelis Dichtungen - Disraelis Leben und

Jugendschriften

Philipp Aronstein

Benjamin Disraelis Dichtungen - Disraelis Leben und Jugendschriften

ISBN/EAN: 9783743620926

Hergestellt in Europa, USA, Kanada, Australien, Japan

Cover: Foto ©Raphael Reischuk / pixelio.de

Manufactured and distributed by brebook publishing software (www.brebook.com)

Philipp Aronstein

Benjamin Disraelis Dichtungen - Disraelis Leben und

Jugendschriften

MEINEM LIEBEN VATER

IN DANKBARKEIT

GEWIDMET.

VORREDE.

Die nachfolgenden Seiten bilden den ersten Teil einer umfangreichen Abhandlung über Disraeli's Dichtungen, welche der philosophischen Fakultät der Kgl. Akademie zu Münster (W.) vollständig vorgelegen hat. Die Verwaltungen der Frhr. von Rothschild'schen öffentl. Bibliothek zu Frankfurt a/M. und der Grossherzogl. Hessischen Hofbibliothek zu Darmstadt sind bei Beschaffung der nötigen litterarischen Hülfsmittel mir in bereitwilligster Weise gefällig gewesen, wofür ich ihnen hierdurch aufrichtigsten Dank zu sagen nicht verfehle.

Ph. Aronstein.

INHALT.

EINLEITUNG.

In Folgendem will ich versuchen, Benjamin Disraeli, den späteren Earl of Beaconsfield, als Schriftsteller zu würdigen. Es giebt zwar über denselben, wie das bei der Bedeutung des Mannes begreiflich ist, eine sehr ausgedehnte Litteratur, dennoch erscheint mir mein Versuch durchaus nicht als überflüssig. Von den Werken nämlich, die sich mit der Person Disraeli's beschäftigen, behandeln die meisten nur die politische Seite seiner Wirksamkeit; seine schrift-stellerische Thätigkeit dagegen wird gewöhnlich nur kurz erwähnt, obgleich er noch heute neben Scott, Bulwer, Thackeray und Dickens zu den gelesensten Romandichtern Englands gehört.

Allerdings hat Georg Brandes in seinem Buche über Lord Beaconsfield sich eingehend mit dessen litterarischen Erzeugnissen befasst, aber seine Behandlungsweise geht von anderen Gesichtspunkten aus und verfolgt andere Ziele, als diejenigen, welche ich mir gesteckt habe.

Es folge zunächst eine chronologische Aufzählung der Schriften über Disraeli, verbunden mit einer kurzen Kritik derselben:

1. George Francis: The Right Honourable B. Disraeli London 1852 (vgl. Athenaeum 4./12. 1854. Edinburgh Rev. 1853 p. 420). Wenig gründlich und jetzt ganz veraltet.

2. The R. H. B. Disraeli M. P., A Literary and Political Biography addressed to the New Generation. London 1854, anonym erschienen (Athen. 21./12. 1853), der Verfasser ist Thomas Macknight. Eine gehässige, einseitige Parteischrift.

1

3. John Mill: Disraeli, the author, orator and statesman. London 1863 (Athen. 2./5. 1863). Eine Gegenschrift gegen die vorige Biographie. Der Verfasser, ein begeisterter Anhänger Disraeli's, feiert diesen als gottbegnadeten Helden und als den vom Schicksal bestimmten Retter seines Vaterlandes. Die Sprache ist schwungvoll, aber oft phrasenhaft, die Thatsachen sind ungenau berichtet und die Beurteilung ist kritiklos.

4. Friedr. Althaus in den „Englischen Charakterbildern" (Berlin 1870) und im „Neuen Plutarch" (Bd. 9 Leipzig 1882) giebt eine gehässige und ziemlich oberflächliche Skizze von Disraeli's Leben und Wirken, die, anstatt den Mann unbefangen zu würdigen, sich mit der leichteren Aufgabe begnügt, ihn zu „entlarven", d. h. in seinem 50jährigen öffentlichen Wirken Widersprüche aufzudecken und allen seinen Handlungen selbstsüchtige Motive unterzulegen.

5. T. P. O'Connor B. Disraeli, Lord Beaconsfield (6th ed. London 1884). Der Verfasser, ein hervorragender Abgeordneter, behandelt Disraeli vorzugsweise als Politiker und zwar von einem gegnerischen Standpunkte aus.

6. Anonym: B. Disraeli, Earl of Beaconsfield, a Political Biography. London 1877. Rein politisch, wie der Titel besagt.

7. Francis Hitchman: The Public Life of the R. H. Earl of Beaconsfield. London 1879. 2. vols. 2. Aufl. London 1885.

Dies ist die beste Biographie Disraeli's, ein fleissiges und gründliches, auf genauem Studium der Quellen beruhendes Werk. Dasselbe beschäftigt sich vorzugsweise mit dem öffentlichen Leben Disraeli's und macht keinen Versuch, den Mann in der Gesammtheit seines Wirkens zu betrachten und zu beurteilen.

8. Cucheval-Clavigny: Lord Beaconsfield et son temps. Paris 1880. Eine sehr gründliche Arbeit, vorzugsweise politischen Inhalts. Der Verfasser ist ein Verehrer Lord Beaconsfield's.

9. Alexander Ch. Ewald F. S. A.: The R. H. B. Disraeli, Earl of Beaconsfield K. G., and his times. London 1882, 2 vols. Ein Prachtwerk in der Ausstattung, fast ausschliesslich politischen Inhalts.

10. Georg Brandes: Lord Beaconsfield (B. Disraeli).
Ein Charakterbild. Berlin 1879.

Dies ist ein Versuch, aus den Schriften Disraeli's dessen
Charakter aufzubauen. Der Verfasser stellt Disraeli mit einigen
der Helden seiner Romane gleich, greift einzelne Äusse-
rungen heraus und zeichnet so ein wenig getreues Bild des
Staatsmannes, worin derselbe als ein von dämonischem Ehr-
geize beseelter, rachsüchtiger, in seiner Jugend genialisch-
lüderlicher, charakter- und überzeugungsloser Abenteurer
erscheint. Trotz mancher scharfsinnigen und geistvollen
Bemerkungen muss daher das Buch mehr als ein literarhistorischer Sensationsroman, denn als eine ernsthafte Biographie
bezeichnet werden. Auch standen dem Verfasser verschiedene
wichtige Quellen für Disraeli's Leben, so besonders die Briefe,
noch nicht zu Gebote, und in Folge dessen sind die Thatsachen nicht immer getreu berichtet.

11. T. C. Kebbel: Life of Lord Beaconsfield. (States-
men Series) London 1888. Vorzugsweise politisch und nichts
Neues beibringend.[1]

12. The Earl of Beaconsfield K. G. by J. A. Froude
D. C. L. (The Queen's Prime Ministers ed. by Stuart J. Reid)
London 1890.

Der bekannte Historiker und Biograph Carlyle's bringt
einige neue Thatsachen über Disraeli's Leben. Seine Gesammt-
würdigung Disraeli's ist wohlwollend und objektiv gehalten.
Doch beschäftigt er sich mehr mit dem Sozialpolitiker und
Staatsmanne, als mit dem Schriftsteller. Die Jugendschriften
Disraeli's werden zum Teil nur kurz erwähnt.

Ausserdem sind noch von Wichtigkeit die Biographie
Disraeli's in der grossen National Biography, und die Be-
sprechungen der Werke Disraeli's in den Zeitschriften, besonders in der Literary Gazette, der Quarterly Review, der
Edinburgh Review, der Westminster Review, dem Athenaeum
und der Revue des deux Mondes.

Was Bleibtreu und Engel in ihren Litteraturgeschichten
über Disraeli sagen ist ebenso wertlos, als absprechend.

---

[1] Vergl. Academy 1888. I. 260 ff., Athenaeum 1888 I. 338 ff.

ERSTER TEIL.

DISRAELI'S LEBEN.

QUELLEN.

Die Hauptquellen für die Kenntnis des Privatlebens
Disraeli's sind:

1. Die Vorreden zu seinen Werken, besonders aber
die von ihm verfasste Biographie seines Vaters Isaac Disraeli,
welche der Ausgabe der Werke desselben (1849—1851) vor-
gedruckt ist, ferner die Vorrede zu der Gesammtausgabe
seiner eigenen Werke von 1870.

2. Die Romane Disraeli's, welche viele persönliche Anspielungen enthalten, besonders Vivian Grey, The Young
Duke, Contarini Fleming und Endymion.

3. Lord Beaconsfield's Home Letters 1830/31 ed. by
Ralph Disraeli. London 1885.

4. Lord Beaconsfield's Correspondence with his sister
1832—1852 ed. by Ralph Disraeli. London 1886.

Die übrigen Briefschaften Disraeli's sind noch nicht herausgegeben. Froude in seiner Biographie teilt einiges aus dem
ungedruckten Briefwechsel Disraeli's mit einer langjährigen
treuen Freundin und Verehrerin, Mrs. Willyams, mit.

Disraeli stammte aus einer jüdisch-spanischen Familie.
Dieselbe führte in Spanien einen anderen (nicht mehr zu er-
mittelnden) Namen und nahm den Namen D'Israeli erst an,

als sie, um der spanischen Inquisition unter Torquemada zu entgehen, um das Jahr 1500 nach Venedig auswanderte.

Der Name D'Israeli, welcher, wie Disraeli erzählt, niemals vor- oder nachher von einer anderen Familie geführt worden ist,[1] sollte ihren Ursprung auf immer kenntlich machen.[2]

In Venedig lebte die Familie über zweihundert Jahre und erwarb dort ein grosses Vermögen. Im Jahre 1748 wanderte ein jüngerer Sohn der Familie, Benjamin D'Israeli, als 18 jähriger Jüngling nach England aus, liess sich in Enfield nieder und heiratete eine schöne Jüdin, die eine unüberwindliche Abneigung gegen ihre eigene Rasse hatte. Er war energisch, hatte Glück und war eine Zeit lang der Nebenbuhler der Rothschilds.[3] Er hoffte daher, eine grosse Finanzdynastie zu gründen, aber sein einziger Sohn, Isaac D'Israeli, vereitelte diese Hoffnung. Derselbe zeigte eine entschiedene Abneigung gegen Geldgeschäfte jeder Art, beschäftigte sich ausschliesslich mit der Litteratur und verfasste während eines beschaulichen, ereignislosen Gelehrtenlebens eine Reihe literarhistorischer oder besser „literaranekdotischer" Werke,[4] die noch heute geschätzt und gelesen werden.

Im Jahre 1802 heiratete Isaac D'Israeli Maria, die Tochter des George Bassevi aus Brighton. Aus dieser Ehe entsprossen vier Kinder, zunächst eine Tochter Sarah, dann drei Söhne, von denen Benjamin, der spätere Staatsmann, der älteste war.

Benjamin Disraeli wurde zu London am 21./12. 1804 geboren und an demselben Tage durch den bekannten Ritus in das Judentum aufgenommen. Aus seiner Jugend wissen

---

[1] Disraeli erwähnt einmal gelegentlich eine Familie Lara als mit der seinigen verwandt (Letter to Mrs. Willyams vom 23./7. 1859 bei Froude p. 107).

[2] Die Vorrede zu den Curiosities of Literature by Isaac Disraeli, ed. by Benj. Disraeli, ist die Quelle hierfür sowie für alles Folgende.

[3] 1815 wurde ihm die Unterbringung einer russischen Anleihe angeboten. Er nahm das Angebot nicht an, und das Haus Rothschild machte das Geschäft.

[4] Die wichtigsten derselben sind: Curiosities of Literature 1791—1822. 3 Tle. Calumnities of Authors 1812. 2 Bde. Quarrels of Authors 1814. 3 Bde. Amenities of Literature 1841. 3 Bde.

wir wenig und sind zum grossen Teile auf Vermutungen und
auf Rückschlüsse aus seinen vielfach autobiographischen Jugend-
romanen angewiesen. In eine öffentliche Schule schickte man
ihn nicht, da seine Mutter den dort herrschenden Pennalismus
und das Vorurteil gegen die Juden fürchtete.[1] Er besuchte
mehrere Privatanstalten, zunächst die eines gewissen Poticary
zu Blackheath und dann die des Dr. Cogan zu Walthamstow.
Übrigens scheint er auf der Schule alles Mögliche betrieben
zu haben, nur nicht die Schulwissenschaften. Auch hatte er
jedenfalls unter dem Vorurteile gegen die Juden zu leiden,
wusste sich aber Achtung und Ruhe zu verschaffen.[2]

Übrigens war er kein Jude mehr, als er zu Dr. Cogan
kam. Im Jahre 1817 war sein Grossvater gestorben, und
Isaac D'Israeli, der sich mit der jüdischen Gemeinde ent-
zweit hatte und als freisinniger Deist gegen das orthodoxe
Judentum eine grosse Abneigung empfand,[3] liess sich mit
seiner ganzen Familie in St. Andrew's Church taufen.

Benjamin Disraeli blieb nur kurze Zeit in Walthamstow
und verlebte dann einige Jahre in dem Hause seines Vaters,
in welchem er Gelegenheit hatte, bedeutende Schriftsteller
und einflussreiche Mitglieder der Aristokratie kennen zu lernen.
Im Jahre 1821 kam er zu einem Advokaten in die Lehre,
bei dem er drei Jahre lang arbeitete. Darauf liess er sich
in Lincoln's Inn als Rechtsstudent eintragen, übte aber den
Beruf eines Juristen niemals praktisch aus. Im Jahre 1825
hatte sein Vater London verlassen und ein altes herr-
schaftliches Haus in Buckinghamshire gemietet, welches zwei

---

[1] Vivian Grey I. Chap. II: „Mr. Grey wished Eton, but his lady
was one of those women, whom nothing in the world can persuade,
that a public school is anything else but a place where boys are
roasted alive.“

[2] Vgl. Vivian Grey I. Chap. IV. Contarini Fleming I, 9 „Seditious
stranger“ nennt ohne Ursache der Lehrer den Vivian Grey. Da dieser
Ausdruck im Roman ganz unbegründet ist, so muss er wohl eine Erinnerung
aus des Verfassers eigener Jugend sein, die sich eingeschlichen hat. Vgl.
Brandes, Lord Beaconsfield p. 19 u. 20.

[3] Er verfasste eine Schrift „The Genius of Judaism“, die diesen
Standpunkt vertritt.

Meilen von High Wycombe lang entfernt war und „Bradenham House" genannt wurde [1].

Um diese Zeit begann Benjamin Disraeli auch zu schriftstellern. Nach einem misslungenen journalistischen Versuche [2] veröffentlichte er 1826 (ohne Namen) seinen ersten Roman: Vivian Grey", der ihn, wie einst Child Harold den Lord Byron, mit einem Schlage berühmt machte.

Da er um diese Zeit sehr an Gehirnblutwallungen litt, unternahm er zu seiner Kräftigung eine Reise nach der Schweiz, Deutschland, Frankreich und Italien. Nach seiner Rückkehr (1827) veröffentlichte er den zweiten Teil des „Vivian Grey" und im folgenden Jahre eine sozialpolitische Satire im Style Swift's, „Captain Popanilla."

Seine Gesundheit war aber noch immer sehr schwankend, und so fasste er abermals den Plan zu einer längeren Reise. Im Juni 1830 trat er mit dem Bräutigam seiner Schwester, Mr. William Meredith, die Fahrt an. Zuerst ging es nach Spanien, wo sich seine Gesundheit schon merklich besserte. [3] Dann setzte er nach Malta über. Hier traf er einen Freund, James Clay, in dessen Jacht beide nach Corfu segelten, um an dem Kampfe der Türken gegen die albanesischen Empörer teilzunehmen. [4] Aber der Krieg war schon zu Ende, und so begnügten sie sich damit, zuerst den türkischen Statthalter in Arta und dann den Grossvezier in Janina aufzusuchen. Von dort reisten sie weiter nach Griechenland und Constantinopel und sodann über Troja, Cypern und Jaffa nach Jerusalem, wo sie den Februar 1831 verbrachten. Im April brachen sie nach Ägypten auf, gingen den Nil hinauf bis Theben und beschlossen dann heimzukehren. [5] Disraeli war vollständig ge-

---

[1] Die Schilderung des Umzugs der Familie Ferrars in dem letzten Romane Disraeli's „Endymion" ist vielleicht eine Erinnerung hieran.

[2] S. weiter unten p. 14.

[3] Home Letters: Briefe vom 1./7. 1830. „This last fortnight I have made regular progress, or rather felt, perhaps, the progress which I had already made. It is all the sun, not society, or change of scene......"

[4] Vgl. a. a. O. Cf. auch Contarini Fleming B. V, VI, VII, welche eine oft wörtlich mit den Briefen übereinstimmende Beschreibung dieser Reise enthalten.

[5] Home Letters: 28./5. 1831. „I am delighted with my father's

nesen und freute sich auf neues energisches literarisches
Schaffen. Leider starb sein Reisegefährte vor der Abreise
in Alexandria. Seine Schwester Sarah blieb in Folge dessen
ledig und widmete sich ganz ihrem Bruder, dem sie zeitlebens
eine kluge und treue Beraterin war. Disraeli's Familien-
briefe aus jener Zeit lassen in ihm einen liebenswürdigen
und lebensfrohen Jüngling von frischer Empfindung und em-
pfänglichem Gemüte erkennen, bei dem das affektierte Auf-
treten nur etwas Äusserliches, eine Maske für das Publikum war.

Im Jahre 1831 erschien von ihm ein, schon vor der
Reise verfasster, Roman, „der junge Herzog", und in den
folgenden Jahren veröffentlichte er nach einander eine Reihe
von Werken, in denen er die Eindrücke seiner Reise ver-
arbeitete: „Contarini Fleming" (1832), „David Alroy", die
Satiren „Ixion in Heaven" und „The Infernal Marriage" (1833)
sowie das Bruchstück eines verunglückten Gedichtes, „das
revolutionäre Epos" betitelt (1834).

Er war während dieser Jahre einer der „Löwen" der
Salons und erregte Aufsehen durch die Schönheit seiner Er-
scheinung, seine auffallende stutzerhafte Kleidung und seine
glänzende Unterhaltungsgabe [1]. Besonders verkehrte er in dem
Salon der Lady Blessington, wo er den Grafen d'Orsay kennen
lernte [2] und auch andere Grössen des Tages traf, so z. B.
Louis Napoléon, den späteren Kaiser. Übrigens stak er in
diesen Tagen stets in Schulden, die ihn oft an den Rand
des Unterganges brachten und ihn zu Wucherern seine Zuflucht zu nehmen zwangen [3].

Diese Schulden wurden noch durch seine politischen
Bestrebungen vermehrt. Wie Vivian Grey, „lechzte er nach

progress. How I long to be with him, dearest of men, flashing our
quills together, standing together in our chivalry, as wo will do now,
that I have got the use of my brain for the first time in my life."

[1] Vgl. die Schilderung des Amerikaners N. P. Willis, der ihn 1832
in dem Salon der Lady Blessington traf. Bei Froude p. 52/53.

[2] Er widmete ihm später seinen Roman „Henriette Temple" und
verewigte ihn in einem der Charaktere desselben.

[3] Vgl. seine Romane „Henriette Temple" VI, 6 und „Tancred",
wo er die Wucherer und das Bewusstsein des Verschuldetseins mit
grosser Lebenswahrheit schildert. Vgl. Froude p. 52, 69.

dem Senat"[1] und fünfmal hinter einander machte er vergebens
den Versuch, in das Parlament zu gelangen. Erst trat er
als unabhängiger Tory-Radikaler auf und sprach für drei-
jährige Parlamente und geheime Wahl. Als er dann durch
mehrfache Misserfolge belehrt wurde, dass er sich einer der
beiden grossen Parteien anschliessen müsse, um zu seinem
Ziele zu gelangen, wählte er die ihm am meisten sympathische
Partei der Tories. Zugleich schrieb er politische Pamphlete,
in denen er seine politischen Ansichten und sein Urtheil
über das Wesen der englischen Verfassung darlegte[2], hatte
einen hässlichen Streit mit dem Führer der Iren, O'Connell,
und veröffentlichte namenlos satirische Briefe in der „Times",
welche die Führer der Whigs lächerlich machen sollten und
Sir Robert Peel als den Mann der Zukunft priesen.[3]

Durch diese ganze Thätigkeit erreichte er nichts weiter,
als dass sein Name bekannt wurde. Sein einziger sonstiger
Erfolg war die Aufnahme in den konservativen aristokratischen Carlton Club.[4]

So wandte er sich denn für einige Zeit wieder der
schriftstellerischen Thätigkeit zu und veröffentlichte die un-
politischen Romane „Henriette Temple" (1836) und „Venetia"
(1837).

Bald darauf starb Wilhelm IV., und die Königin Victoria
bestieg den Thron. Ein neues Parlament musste gewählt
werden, und in dieses trat endlich auch Disraeli ein. In den

[1] Vivian Grey I, 8: „He paced his chamber in an agitated spirit
and 'panted for the senate'". Vgl. die Briefe an seine Schwester: 7./2.
1833 „Heard Macaulay's best speech, Sheil and Charles Grant. Macaulay
is admirable; but, between ourselves, I could floor them
all. This entre nous: I was never more confident of anything than that
I could carry everything before me in that House. The time will
come. Cf. auch Brief vom 22./3. 1839. This is just one of those occasions
in old days, when I used to feel so mortified at not being an M. P.

[2] Das Pamphlet „What is he?" (1833) und „Vindication of the
English Constitution in a letter to a noble Lord" (1835), beide zusammen
neu herausgegeben von Francis Hitchman. (London ohne Jahreszahl.)

[3] Die Runnymede letters, welche 1836 erschienen und viel
Aufsehen machten. Vgl. die Briefe an seine Schwester vom (ohne
näheres Datum) Januar und 5. März 1836.

[4] Brief vom 5./3. 1836.

Briefen an seine Schwester bricht er in ein wahres Triumph-
geschrei hierüber aus. „Die Wolken" schreibt er während
der Wahl[1] „haben sich endlich zerstreut, und meine Aussichten
sind so glänzend wie der Tag" und als er gewählt ist:[2]
„Ich bin sehr wohl, und meine Laufbahn fängt an, mir zu
gefallen .. Ich kann kaum meine Ruhe bewahren."

Aber auch die parlamentarische Laufbahn brachte ihm
zunächst herbe Enttäuschungen. Seine Jungfernrede war ein
vollständiger Misserfolg. Die Gegner, besonders die Iren
unter O'Connell, gegen welchen er sich ganz besonders wandte,
übertönten ihn durch lautes Lachen und Schreien, so dass er
schliesslich den Kampf aufgab und mit den weissagenden
Worten schloss, dass die Zeit kommen würde, in der man
auf ihn hören würde[3]. In der That kam diese Zeit sehr bald.
Keineswegs abgeschreckt durch den ersten Misserfolg, ja ihn
für eine Vorbedeutung seines schliesslichen Sieges auf derselben Bühne haltend[4], sprach er, dem Rate des irischen
Führers Sheil folgend, häufig, aber kurz und sachlich und
war bald eins der angesehensten Mitglieder des Parlaments.

Im Jahre 1839 heiratete er die Witwe seines früheren
Parlamentsgenossen, Mrs. Wyndham Lewis. Die Dame war
15 Jahre älter als er, aber sehr reich. Die Verbindung, die
Disraeli aus den ihn stark bedrängenden Geldschwierig-

---

[1] Brief von 1837 „Friday" datiert: „The clouds have at last dis-
pelled, and my prospects are bright as the day . . . . ."

[2] „I am very well and begin to enjoy my new career I
can scarcely keep my countenance" 27./7. 1837.

[3] Rede vom 7./12. 1837 „I am not at all surprised at the reception
which I have experienced. I have begun several things many times
and I have often succeeded at last. I will sit down now, but the
time will come, when you will hear me".

[4] Vgl. die Briefe vom 8./12. und 11./12. 1837. „It was like my
first début at Aylesbury and perhaps in that sense may be auspi-
cious of ultimate triumph in the same scene" . . . .

„Sheil trat für ihn ein und sagte: „If ever the spirit of oratory was
in a man, it was in that man, nothing can prevent him from being
one of the first speakers in the House of Commons . . . . . ."

18./12. „Nothing daunted and acting on the advice of Sheil, I spoke
again last night and with complete success" . . . .

keiten erlöste, war offenbar eine Vernunftehe[1], aber nichts desto weniger durchaus glücklich. Dankbarkeit auf der einen Seite und Bewunderung auf der andern[2] ersetzten zunächst und schufen dann eine innige Neigung.

Nach der Hochzeit unternahm er eine Reise nach Frankreich und Deutschland. In den folgenden Jahren wuchs sein Ansehn immer mehr, und als im Jahre 1841 die konservative Partei unter Peel nach langen Jahren zum ersten Male wieder zur Regierung kam, mochte er wohl auf Amt und Stellung gehofft haben.[3] Allein Peel überging ihn, und so ging er 1842 wieder nach Paris, wo er vom König Louis Philipp sehr ausgezeichnet wurde und mit den ersten Staatsmännern und Gelehrten verkehrte.[4]

Es hatte sich in diesen Jahren eine kleine Partei um ihn gebildet, die aus jungen Männern von hohem Rang und tüchtigem Talent bestand und die mit der konservativen Regierung unter Peel nicht recht zufrieden war.[5] Das Programm dieser Jung-England-Partei, die in Politik und Religion der Reaktion huldigte, entwarf Disraeli in den drei Romanen: „Coningsby" (1844), „Sybil" (1845) und „Tancred" (1847). Dieselben hatten einen ungeheuren Erfolg und sind auch ästhetisch seine bedeutendsten Werke.

Als dann im Jahre 1846 Peel, entgegen seinen Ver-

---

[1] Disraeli's Ansicht über Heiraten und Liebe geht aus folgendem Briefe hervor: „22./5. 1833. By the bye, how would you like Lady Z — for a sister in law, very clever, 25000 £ and domestic? As for love, all my friends who married for love and beauty, either beat their wives or live apart from them. This is literally the case. I may commit many follies, but I never intend to marry for „love" which I am sure is a guarantee of infelicity."

[2] Viele Anekdoten werden hierüber berichtet. Disraeli widmete seiner Frau seinen Roman „Sybil" und, als ihm im Jahre 1868 die Pairswürde angeboten wurde, schlug er sie für seine Person aus, erbat sie aber für seine Frau.

[3] Brief vom 31./8. 1841 „There is no news of any kind. All about appointments in the papers is moonshine. We are frightened about the harvest, but as the glass has been gradually rising for some days, I do not despair ......

[4] Vgl. die Briefe von 1842.

[5] S. das Nähere weiter unten.

sprechungen, sich zur Aufhebung der Kornzölle bereit erklärte, unternahm Disraeli die Vertcidigung der sich verraten glaubenden Schutzzöllner. Seine Reden gegen Peel sind Meisterwerke in ihrer Art, sprudelnd von Witz und Geist, reich an glänzenden Bildern und Gleichnissen, die sich dem Gedächtnisse unauslöschlich einprägen und zu geflügelten Worten geworden sind, voll von Bitterkeit und Sarkasmus. Sie verhinderten die Abschaffung der Kornzölle nicht, aber sie waren das Mittel der Erhebung Disraeli's. Es bildete sich eine Schutzzollpartei, deren Führer dem Namen nach zwar zunächst Lord George Bentinck, deren wirklicher Führer aber Disraeli war. Diese Partei rächte sich noch in demselben Jahre durch den Sturz Sir Robert Peel's und verhalf ihren Feinden, den Whigs, zur Regierung. Bald darauf starb Lord George Bentinck, und Disraeli trat nun offen an die Spitze der konservativen Opposition. Der Spross eines damals in England noch nicht vollständig im Genuss der Bürgerrechte befindlichen Volksstammes, der fünfmal durchgefallene Parlamentskandidat, der verhöhnte Jungfernredner war der Führer der stolzesten Aristokratie der Welt geworden und sah das höchste Ziel des Ehrgeizes eines Engländers erreichbar vor sich. Dreimal wurde er in den folgenden Jahren Schatzkanzler und übte als solcher einen bedeutenden Einfluss auf die Gesetzgebung aus, besonders durch das grosse parlamentarische Reformgesetz von 1867, welches einen weiteren Schritt auf dem Wege zur Demokratisierung Englands bedeutete. Im Jahre 1868 wurde er zum ersten Male Premierminister, musste aber bald seinem Gegner Gladstone weichen. In der Musse schrieb er einen neuen Roman, der ungeheures Aufsehn erregte: „Lothair" (1870). Im Jahre 1874 wurde er zum zweiten Male Premierminister und lenkte während sechs ereignisvoller Jahre die Geschicke seines Vaterlandes. Die Beurteilung seiner „imperialistischen" Politik, die ihn, wenn auch nur für kurze Zeit, auf den Gipfel des Ruhmes hob, liegt ausserhalb des Rahmens dieser Arbeit. Als er 1880 gestürzt wurde, wandte er sich noch einmal der Schriftstellerei zu und verfasste den Roman: „Endymion" (1880). Bald darauf am 19./4. 1881 starb er.

ZWEITER TEIL.

DISRAELI'S DICHTUNGEN.

Die folgenden Seiten soll sich mit den Schriften Disraeli's,[1] ihrem Inhalt, ihrer Tendenz und ihrem ästhetischen Werte beschäftigen. In den Rahmen unserer Betrachtung fallen selbstverständlich nur die dichterischen Werke des Mannes, sowohl die in ungebundener, als auch die in gebundener Form abgefassten. Seine Reden und politischen Pamphlete können nur zur Erläuterung herbeigezogen werden. Vor allem aber wird es zum Verständnis der Bedeutung Disraeli's nötig sein, ihn im Zusammenhange mit den geistigen Strömungen seiner Zeit zu behandeln, den Einflüssen nachzugehen, die auf ihn eingewirkt haben, und die Stellung festzustellen, die er zu den herrschenden Richtungen einnahm. Rein politische Fragen kommen auch hier nur soweit in Betracht, als sie zugleich allgemein menschliche sind und eine ideale Tendenz besitzen.

ERSTES BUCH.

ERSTES CAPITEL.

VERFEHLTE VERSUCHE.

Benjamin Disraeli wuchs in einer litterarischen Atmosphäre auf. Sein Vater war ein Büchermensch im besten Sinne des Wortes; in seinem Hause verkehrten viele be-

---

[1] Die Ausführungen aus den Werken Disraeli's beziehen sich auf die Tauchnitz'sche Ausgabe. Soweit diese nicht vollständig ist, habe ich

rühmte Schriftsteller, vor allem der Dichter Samuel Rogers.
So ist es nicht zu verwundern, dass der junge Rechtsstudent
sich schon früh in der Litteratur versuchte.

Es sind ihm mehrere verunglückte journalistische Versuche zugeschrieben worden. Sicher ist nur, dass er im
Jahre 1826 eine Zeitschrift „The Star Chamber" gründete,
die sich kaum 2 Monate hielt (vom 19.'4.—7./6.)[1]

Diese Zeitschrift zeichnete sich durch ihre scharfe Gegner-
schaft gegen die Whigs aus[2] und enthielt politische und
litterarische Kritiken voll von Geist und Witz, aber auch voll
von Frivolität und jugendlichem Dogmatismus. Die meisten
Beiträge sind von Disraeli selbst, unter andern ein Gedicht
von 446 Zeilen „The Dunciad of to day",[3] eine Satire auf
gleichzeitige Liebhabereien, wie den Byronkultus und das Phil-
hellenentum, sowie auf schlechte Reimer, die der Verfasser
ziemlich sicher aus der grossen Zahl der damals namhaften
Dichter herausfindet. Es bricht ab mit einer Ermahnung an
die wirklichen Dichter.

Weit wichtiger ist der gleichzeitig erschienene erste
Roman Disraeli's: „Vivian Grey."

ZWEITES CAPITEL.

VIVIAN GREY. ERSTER TEIL.

§ 1. Inhalt des Romans. Vivian Grey ist der
Sohn eines angesehenen Schriftstellers. Sein Vater, der ganz
in gelehrten Studien aufgeht, kümmert sich nicht weiter um

die Gesammtausgabe von 1870 benutzt. Die politischen Flugschriften
„What is he?" (1833) und „Vindication of the English Constitution"
(1835), die sich auch dort nicht finden, sind besonders herausgegeben
von Francis Hitchman, dem Biographen Disraeli's. Die Reden habe ich
benutzt in der Auswahl von T. E. Kebbel 2. vols. London 1882.

[1] Cf. Hitchman I p. 23. Lord Beaconsfield hat diese Zeitschrift
nie anerkannt und später alle Exemplare aufgekauft. Im Brit. Museum
befindet sich ein Exemplar.

[2] Auch der alte Disraeli war Tory. Er schrieb als solcher eine
„Inquiry into the Literary and Political Character of James I" (1816)
und „Commentaries of the Life and Reign of Charles I (1828).

[3] In Anlehnung an Pope, der auch ein Lieblingsdichter seines
Vaters war. Dieser hatte eingehende Studien über ihn gemacht.

ihn, als dass er ihm täglich ein Glas Wein giebt, ihn mit
ungeschickter Liebkosung an den Ohren zupft und hofft,
dass der „Bengel nicht schmieren wird".[1] Er muss zur
Schule. Frau Grey will ihn nicht in eine öffentliche Schule
schicken, weil die Jungen dort lebendig geröstet werden[2],
der Vater aber ist der Ansicht, dass alle Privaterziehung nichts
tauge. So bleibt er denn ein Jahr lang zu Hause, bis sich
schliesslich doch eine geeignete Schule für ihn findet. Aber
auch dort hält es Vivian nicht sehr lange aus. Zunächst
wird er durch seinen Witz, seine Gutmütigkeit und Ver-
wegenheit der Held der Schule. Dann aber macht er sich
einen Unterlehrer zum Feinde, der ihn bei dem Leiter der
Schule anschwärzt. Dieser nennt ihn einmal einen „auf-
rührerischen Fremden"[3], die Knaben, die zum Teil auf Vivian's
Ansehn neidisch sind, stimmen in den Ruf ein und „keinen
Fremden" erschallt es aus den Reihen der Mehrzahl. Vivian
wirft den Stärksten zu Boden und rächt sich auf hinter-
listige Weise, indem er sich mit eben jenem Unterlehrer ver-
bindet und ihm hilft, die Knaben auf das schlimmste zu
tyrannisieren. Schliesslich werden beide von der ganzen
Schule überfallen, und während der Unterlehrer durchge-
prügelt wird, hält sich Vivian die Anstürmenden mit geladener
Pistole vom Leibe. Selbstverständlich wird er von der Schule
gejagt und widmet sich nun ein Jahr lang in der Bibliothek
seines Vaters ausschliesslich klassischen Studien. Er ist auf
dem besten Wege, ein Bücherwurm zu werden, und will sich
gerade in die Neuplatoniker vertiefen, als sein Vater ihn
darauf aufmerksam macht, dass es doch Zeit sei, darüber
nachzudenken, was er eigentlich vorhabe und wofür er auf
der Welt da sei. Er beginnt daher die neuere Litteratur

---

[1] „Mr. Grey's parental duties being confined to giving his son a
glass of claret per diem, pulling his ears with all the awkwardness of
literary affection and trusting to God „that the urchin would never
scribble". Vivian Grey B. I Ch. I.

[2] „His lady was one of those women, whom nothing in the world
can persuade, that a public school is anything else, but a place where
boys are roasted alive". Vgl. oben S. 6.

[3] „Seditious stranger" heisst der Ausdruck. Vivian Grey I, Ch. II.
Vgl. darüber vorher p. 6, Anm. 2.

zu studieren und sich in der Gesellschaft zu bewegen. Bald
fühlt er sich in derselben heimisch. Die feinen Damen
beschützen und erziehen den eigenartigen Jüngling und ihr
Einfluss macht sich in seinem Wesen bald bemerklich. Auch
die Politik erregt seine Aufmerksamkeit und in ihr glaubt er,
seinen Beruf gefunden zu haben. „Und jetzt war Alles ge-
löst. Das unbestimmte Sehnen seiner Seele, welches ihn
so oft beunruhigt hatte, war endlich erklärt. Die rätselhafte
Leere, die er so oft gefühlt hatte, war endlich ausgefüllt; der
grosse Gegenstand, der die Kräfte seines Geistes beschäftigen
sollte, war endlich gefunden. Er schritt erregten Geistes durch
das Zimmer und lechzte nach dem Senat."[1] Er soll nach Oxford.
Aber was ist Oxford diesem Knaben mit dem Geiste eines
Mannes, der in menschlichen Herzen zu lesen versteht und
menschliche Wesen zu leiten die Kraft in sich fühlt? Der
blosse Gedanke erscheint ihm als eine Beleidigung.

Er grübelt über die Laufbahn nach, die er einschlagen
will. Rechtswissenschaft passt ihm nicht, denn, um ein grosser
Advokat zu werden, muss er es aufgeben, ein grosser Mann
sein zu wollen. Das Heer ist im Frieden lockend nur für
Narren. Die Kirche würde ihm am ehesten behagen, aber er
hat dort keine Aussicht: es fehlt ihm an Geld und vornehmer
Abstammung.

Dies verhilft ihm zu einer grossen Entdeckung. Ist nicht
der Verstand eine Macht, wie der Reichtum und vornehme
Geburt? Warum haben denn so viele ruhmreiche Philosophen
und Dichter ihr Leben in Dachstuben verbracht und sind
arm und elend gestorben? Weil diese Männer nur ihr
eigenes herrliches Ich ergründet und dabei das Studium ihrer
Nebenmenschen vergessen oder verschmäht haben. „Ja! Wir
müssen uns in den grossen Haufen mischen; wir müssen

---

[1] „And now every thing was solved! The inexplicable longings
of his soul, which had so often perplexed him, were at length explained.
The want, the indefinable want, which he had so constantly experienced,
was at last supplied; the grand object, on which to bring the powers
of his mind to bear and work was at last provided. He paced his
chamber in an agitated spirit, and panted for the Senate". V. G. I.
Ch. VIII.

auf seine Gefühle eingehen; wir müssen seinen Schwächen
schmeicheln, mit den Sorgen, die wir nicht fühlen, Mitgefühl
heucheln und die Lustigkeit der Narren teilen . . .
Um Menschen zu beherrschen, müssen wir Menschen
sein; um zu zeigen, dass wir stark sind, müssen wir schwach
sein; um zu zeigen, dass wir Riesen sind, müssen wir Zwerge
sein . . . . . . unsere Weisheit muss sich verbergen unter
Thorheit und unsere Beständigkeit unter Launen . . . . Die
Menschen also," so schliesst Vivian diese pseudophilosophische
Tirade, „sie sind mein grosses Spiel".[1] Und nun kommen
die Folgerungen. Wie manchem hohen Adligen fehlt es nur
an Geist, um Minister zu werden? Und was fehlt Vivian
Grey? — Der Einfluss jenes Adligen. Wie, wenn beide
Personen sich nun gegenseitig unterstützten? „Angenommen,
ich käme in Verbindung mit solch einem Granden, bin ich
vorbereitet? . . . . . Ich habe den Geist dafür und die Gewalt der Rede. Nur eins thut Not, Mut, ungebrochener voller
Mut, und sollte Vivian Furcht kennen? Er beantwortete seine
eigene Frage mit bitter spottendem Lachen".[2] Sein Vater,
dem er seine Gefühle auseinandersetzt, warnt ihn vor der
Einbildung, in kurzer Zeit ein grosser Mann werden zu können.
Arbeit und echte Geisteskultur seien die beste Vorbereitung
hierfür. Er willigt jedoch ein, dass Vivian den Besuch der
Universität noch etwas hinausschiebt.

Vivian zögert nicht lange mit der Ausführung seiner
Pläne. Eines Tages hat Herr Horace Grey die Ehre, den

---

[1] V. G. I Ch. IX „Yes! we must mix with the herd; we must
enter into their feelings; we must humour their weaknesses, we must
sympathise with the sorrows that we do not feel; and share the merri-
ment of fools. Oh, yes to rule men, we must be men; to prove that
we are strong, we must be weak; to prove that wo are giants, we must
be dwarfs . . . . Our wisdom must be concealed under folly, and our
constancy under caprice. . . . . Mankind, then, is my great game."

[2] „Supposing I am in contact with this magnifico, am I prepared?
I have the mind for the conception; and I can perform right skilfully
upon the most splendid of musical instruments — the human voice —
to make those conceptions beloved by others. There wants but one
thing more — courage, pure, perfect courage; — and does Vivian know
fear?" He laughed an answer of bitterest derision, V. G. 1, Ch. IX.

Marquis von Carabas,[1] einen einflussreichen und geistesarmen
Adligen, recht nach Vivian's Sinne zu begrüssen. Vivian
schmeichelt ihm, erhält eine Einladung und wird bald der
Freund und unentbehrliche Begleiter des Marquis, der ihn
allen seinen Freunden vorstellt als „einen ungeheuer klugen
jungen Manne und den nettsten Kerl, den er kennt".
Auf dem Schlosse des Marquis ist ein grosses Fest. Dort
versammeln sich hohe Adlige, berühmte Schriftsteller, schlaue
Advokaten und Millionäre. Vivian fühlt sich in dieser Gesellschaft ganz heimisch, schmeichelt jedem Vorurteil und
überdenkt mit dem Marquis den Plan zur Gründung einer
Carabas-Partei, welche die Regierung an sich reissen soll.
Der Ausgang erscheint ihm nicht zweifelhaft. „Denn
es war einer der ersten Glaubenssätze Vivian Grey's, dass
Alles möglich sei. Gewiss scheiterten viele Leute und, Alles
in Allem genommen, wurde von der grossen Menge nur wenig
erreicht. Aber all dies Scheitern und all das Misslingen liess
sich zurückführen auf einen Mangel an physischem oder
moralischem Mute ... Nun war Vivian aber überzeugt, dass es
in dieser Welt wenigstens eine Persönlichkeit gebe, die weder
an Geist noch an Leib memmenhaft sei, und so war er schon
längst zu dem angenehmen Schlusse gekommen, es sei un-
möglich, dass seine Laufbahn anders als höchst glänzend aus-
fallen könne."[2]

Nach langen Intriguen enthüllt endlich Vivian seinem
Freunde dem Marquis seine Pläne und, da man doch seiner
Jugend und Unerfahrenheit ein leicht erklärliches Mistrauen

[1] Der Name ist dem bekannten Liede von Béranger: „Le Marquis de Carabas" entnommen.
[2] „For it was one of the first principles of Mr. Vivian Grey, „that
every thing was possible" Men did fail in life, to be sure, and
after all, very little was done by the generality; but still all these
failures, and all this inefficiency might be traced to a want of physical
and mental courage ..... Now Vivian Grey was conscious that there
was at least one person in the world, who was no craven either in body
or in mind, and so he had long come to the comfortable conclusion,
that it was impossible that his career could be anything but the most
brilliant. V. G. II, Ch. VIII.

entgegenbringt, so verspricht Vivian einen bedeutenden und
für den Augenblick kalt gestellten Politiker, den Herrn
Frederick Cleveland, für die neue Partei zu gewinnen.
Auch dies gelingt. Vivian weiss in dem kenntnisreichen,
durch Undank verbitterten Politiker den schlummernden Ehrgeiz zu wecken. Cleveland übernimmt die Führung der neuen
Partei, und Alles scheint erreicht.

Aber schnell, wie er erstanden ist, fällt der luftige Bau
der Pläne Vivians zusammen. Er besitzt eine Feindin in einer
Schwägerin des Marquis, einem leidenschaftlichen und excentri-
schen Weibe mit einer dunklen Vergangenheit. Sie sucht erst
ihn, durch Gift aus dem Wege zu räumen und, als das nicht
gerät, heuchelt sie leidenschaftliche Liebe zu ihm und unter-
gräbt im geheimen seine Stellung. Die Adligen fallen einer
nach dem andern von Vivian ab, der Marquis wird seines Hof-
amtes entsetzt und jagt Vivian aus seinem Hause. Cleveland,
der einsieht, dass er sich von einem Knaben hat missbrauchen
lassen, fügt Vivian eine tötliche Beleidigung zu, und es kommt
zu einem Duell, in welchem Vivian seinen Gegner tötet.
Darauf fällt er aber in eine ernste Krankheit und unternimmt
nach seiner Genesung eine Reise nach Deutschland.

§ 2. Aufnahme und gleichzeitige Kritik
des Romans. Der erste Teil von Vivian Grey erschien im
Jahre 1826 anonym und erregte ein ungeheueres Aufsehen.
Dieser Erfolg beruhte allerdings zunächst auf einem mehr
stofflichen, als ästhetischen Interesse. Die vornehme Gesellschaft glaubte sich nämlich in den Personen des Romans
wiederzuerkennen. Es erschienen nach einander mehrere
Schlüssel, von denen einer schon 1827 die zehnte Auflage erreichte.[1] Die Kritik verhielt sich verschieden. Die Wochen-
schriften „Literary Chronicle" und „Literary Gazette" (22/4 1826)
besprachen den Roman in günstiger Weise und sagten ihm einen
grossen Erfolg voraus. Die Vierteljahrs-Zeitschriften ignorier-

---

[1] Disraeli hat in Contarini Fleming den Eindruck seines Romans
geschildert: „You must read Manstein, everybody is reading it. It is
full of imagination and very personal.... we are all in it...." C. F.
II, 14.

ten ihn entweder vollständig oder behandelten ihn sehr absprechend und von oben herab, so besonders die „Quarterly Review" (Bd. 2 p. 319); dass aber der Erfolg desselben doch nicht ein blosser Skandal-Erfolg gewesen sein kann, zeigt die Thatsache, dass er bis heute beliebt geblieben ist, obgleich Disraeli, dem er späterhin aus mehreren Gründen recht unangenehm war, ihn zu unterdrücken versuchte. [1]

Sehen wir nun zunächst zu, welches die Tendenz des Romans ist, besonders wie es sich mit jenen persönlichen und subjektiven Beziehungen verhält.

§ 3. Tendenz des Romans. Das persönliche und subjektive Element in demselben. Es unterliegt keinem Zweifel, dass Disraeli in Vivian Grey seine scharfe Beobachtungsgabe und frühreife Menschenkenntnis verwertet hat, dass er den Personen, die er in den Salons der vornehmen Welt traf oder besprechen hörte, Züge zur Darstellung seiner Charaktere entlehnt hat. Es liegt eine gewisse Kühnheit darin, die wohl zu seinem Charakter passt, wenn ein 21jähriger junger Mann es wagt, Minister und Oppositionsführer, berühmte Schriftsteller und Kritiker, Lordkanzler und Grafen, Herzöge und Fürsten zum Ziele seiner Satire zu machen. [2]

Es liegt nahe, den Verfasser selbst in Vivian Grey wiederzufinden. [3] Beider Väter sind Schriftsteller von Ruf,

---

[1] In der Gesammtausgabe von 1870 sagt Disraeli selbst darüber: „Vivian Grey is essentially a puerile work, but it has baffled even the efforts of his creator to suppress it. Its fate has been strange and not the least remarkable thing is, that four years after its first publication I must ask the indulgence of the reader for its continued and inevitable reappearance."

Heine erwähnt den Roman zusammen mit einigen andern in den Engl. Fragmenten. Ausg. von Karpeles IV 16.

[2] Disraeli's Biographen geben eine genaue Liste der vermeintlichen Originale der Charaktere des Romans. Wir finden unter ihnen Lord Brougham (Mr. Foaming Fudge) Canning (Mr. Charlatan Gas) Lord Eldon (Lord Past Century) Caroline Lamb (Mrs. Felix Lorraine) (Stanislaus Hoax) Theodor Hook etc etc. Cf Hitchman I p. 30 ff.

[3] Lady Blessington, in deren Salon Disraeli ein ständiger Gast war, sagte zu dem Amerikaner N. P. Willis: „Disraeli the younger is

beide haben keine öffentliche Schule noch Universität besucht, beide werden krank und unternehmen eine Reise nach Deutschland. Disraeli's Erfahrungen auf der Schule sind wahrscheinlich denen seines Helden nicht unähnlich gewesen. Daraus aber zu folgern, dass der ganzen Erzählung eine verunglückte Intrigue ihres Verfassers zu Grunde liege, wie das seine Feinde thaten[1], oder gar, dass der spätere Parlamentarier, Parteiführer und Minister nichts sei, als ein in die Wirklichkeit umgesetzter Vivian Grey, dessen Marquis von Carabas die Tories darstelle und dessen ganze Laufbahn ein Gewobe von geschickten Intriguen, Lug und Trug gewesen sei, das wäre ebenso thöricht, wie wenn man den Dichter von Werthers Leiden einen krankhaften Schwärmer und den der Räuber einen unklaren Revolutionär nennen wollte. Wie pharisäische Beschränktheit Byron das Schuldbewusstsein und die Verbrechen seiner düsteren Helden angedichtet hat, so hat Parteileidenschaft Disraeli als einen politischen Intriganten und herzlosen Abenteurer verschrieen, weil er einen solchen dargestellt und ihm Züge der eigenen Natur geliehen hat.[2] Es wäre schon ungerecht, die noch unklaren und unreifen Anschauungen des Jünglings dem reiferen Manne zuzuschreiben. Aber was deutet überhaupt darauf hin, dass der Verfasser von Vivian Grey die Ansichten dieses teilt? Ist nicht gerade das Gegenteil der Fall? Vivian scheitert jämmerlich, während sein Vater, der ihm den baldigen Zusammenbruch seines Systems von Lüge, Heuchelei und Intriguen vorausgesagt hat, Recht behält. Der Dichter steht offenbar über dem unsittlichen und übertriebenen Ehrgeiz seines Helden.

quite his own character of Vivian Grey, crowded with talent, very soigné of his curls and a bit of a coxcomb" Hitchman I p. 28.

[1] Es ist von Disraeli's Feinden später behauptet worden, dass die Intriguen und die Verschwörung in Vivian Grey ihr Vorbild gehabt hätten in dem verfehlten Versuche der Gründung einer Zeitschrift: „The Representative", welche nach sechs Monaten einging. Doch hat Disraeli jeden Anteil an dieser Zeitschrift bestritten und die Sache beruht wohl auf Erfindung. Cf. Hitchman I p. 20 ff. Edinb. Rev. Bd. 97 p. 421.

[2] Die Vivian Grey-Anschauung über Disraeli's Laufbahn zieht sich durch viele seiner Biographieen. Die Nullen glauben aber gar zu gern, dass jede Grösse auch nur eine verkappte Null sei.

Wir werden nicht fehlgehen, wenn wir Vivian Grey als
eine Art Selbstbefreiung des Dichters, als eine Katharsis nach
Goethescher Manier auffassen. Er überwand eine krankhafte
Seelenstimmung, indem er sie objektiv darstellte und ihre
Folgerungen zog. Auf dem Wege der Dichtung, der allerdings
nur wenigen bevorzugten Geistern offen steht, reinigte
er seinen Ehrgeiz von dem unsittlichen und sophistischen,
Bestandtheile, der anfänglich ihm innewohnte.

§ 4. Äesthetischer Wert des Romans. Disraeli
nennt später selbst den Roman „eine so heisse und flüchtige
Skizze, als jemals geschrieben wurde, aber ihrem Gegenstande
entsprechend, denn was ist die Jugend anders, als eine Skizze,
eine kurze Stunde schwankender Grundsätze, ungezähmter
Leidenschaften, unentwickelter Kräfte und unausgeführter
Vorsätze?" [1] In der That ist der Roman ein recht unreifes
Erzeugniss. Die meisten Charaktere sind bloss skizziert, wenn
auch einige, wie besonders die Gestalt des Marquis von Carabas,
schon die Kunst des satirischen Sittenmalers in der Darstellung
selbstsüchtiger aristokratischer Lebemänner verraten.
Andere Charaktere, besonders der der leidenschaftlichen
Intrigantin und Giftmischerin Mrs. Felix Lorraine, sind übertrieben
und phantastisch.

Der Fortschritt der Handlung ist oft allzukünstlich,
oft nicht genügend begründet. Ueber ddr Vorgeschichte der
zweiten Hauptgestalt, eben jener Mrs. Lorraine, schwebt ein
geheimnisvolles Dunkel.

Der Stil ist lebhaft, aber gekünstelt. Der junge Schriftsteller
nimmt die Miene des frivolen Weltmannes an und
trägt eine kalte Weltverachtung und eine spöttische Blasiert-

[1] Vorrede zu der neuen Ausgabe von Vivian Grey (1870): „as
hot and hurried a sketch as ever was penned, but like its subject, for
what is youth but a sketch, a brief hour of principles unsettled, passions
unrestrained, powers undeveloped and purposes unexecuted?" Vgl. auch
Contarini Fleming II. Ch. XII, wo Disraeli in der Kritik des Romans
'Manstein' sein eigenes Werk 'Vivian Grey' treffend beurtheilt.

heit zur Schau. Auch liebt er es, französische Worte und Phrasen in seine Sätze einzumischen. [1]

Trotz aller dieser Fehler, die sich aus der Jugend des Verfassers erklären, ist Vivian Grey ein geniales Werk und behält noch heute seinen Reiz, wo doch die persönlichen Beziehungen verblasst sind und nur noch den Forscher interessieren. Die Leidenschaft des Ehrgeizes ist wohl niemals packender und hinreissender dargestellt worden, weil sie vielleicht kaum jemals tiefer empfunden worden ist. Der Held ist gleichsam der verkörperte Ehrgeiz, das Fleisch gewordene Streben nach Macht, keine Abstraktion, sondern voll Leben und innerer Wahrheit. Durch seine sophistischen Grübeleien geht eine Glut der Leidenschaft, die dem Buche eine dauernde Anziehungskraft verleiht. Selbstdurchkämpftes, ein Stück eigenen Lebens, gleichsam ein Fiebertraum der Jugend verbinden sich mit Witz, Geist und Lebhaftigkeit zu einem Ganzen, das immer spannt und nie ermüdet.

Litterarhistorisch endlich gehört Vivian Grey zu den ersten Mustern des High-Life-Romans, der die Darstellung der Sitten der hohen Aristokratie zum Ziele hat. Kurz vorher war ein Roman dieser Gattung erschienen, der viel Aufsehen erregt hatte (Tremaine 1825 von Plummer Ward) [2] und bald folgte eine ganze Reihe anderer, die jetzt bis auf die von Bulwer und Disraeli verfassten ganz vergessen sind. [3]

Ermutigt durch den Erfolg seines Werkes veröffentlichte Disraeli im folgenden Jahre einen zweiten Teil des Vivian

---

[1] Das Buch zeigt in dieser Beziehung viel Ähnlichkeit mit Bulwer's „Pelham", welcher 1828 erschien.

[2] Oh, by the bye, Mr. Grey who is the author of Tremaine?"
„I'll tell you who is not." „Who?"
„Mr. Ogle" „But, really, who is the author etc." Viv. Gr. B. II Ch. X.

[3] Heine erwähnt Tremaine, Vivian Grey, The Guards, Almack's, Flirtation „welcher letztere Roman die beste Bezeichnung -wäre für jene Koketterie mit ausländischen Manieren und Redensarten, jene plumpe Feinheit, schwerfällige Leichtigkeit, saure Süsselei. gezierte Roheit, kurz das ganze unerquickliche Treiben jener hölzernen Schmetterlinge, die in den Sälen West-Londons herumflattern. Englische Fragmente. Ausg. von Karpeles. IV, 16.

Grey. der die Schicksale seines Helden in Deutschland
schildert.

DRITTES CAPITEL.

VIVIAN GREY. ZWEITER TEIL.

§ 1. Inhalt. Wir treffen Vivian Grey zunächst in
Heidelberg wieder. Allmählich erholt er sich von den Folgen
seiner Krankheit und gewinnt wieder Freude an dem Verkehr mit Menschen. „Abenteuer begegnen dem Abenteuer-
lichen"[1], heisst ein Lieblingsspruch Disraeli's, und so lassen
die Abenteuer denn auch bei Vivian nicht lange auf sich
warten. In Frankfurt rettet er einen Gaukler aus einer
Schlägerei und erwirbt sich dadurch einen ergebenen Diener.
In Ems deckt er unerschrockenen Mutes das schändliche
Komplott einer Falschspieler-Gesellschaft auf und bewahrt
so einen jungen Engländer vor dem Ruin. Zu der Schwester
desselben fasst er eine innige Neigung, die diese auch er-
widert; aber bei einem Waldausflug stirbt das schwindsüch-
tige Mädchen in seinen Armen.

Darauf reist er weiter. Nach einem tollen Abend auf
dem Schlosse rheinischer Reichsgrafen, wo er gezwungen
wird, an einem wüsten phantastischen Zechgelage teilzunehmen,
rettet er in einem Walde einem Jäger das Leben im Kampfe
mit einem wilden Eber. Dieser Jäger ist ein mediatisierter
Fürst, der Fürst von Little Lilliput, jetzt ein unzufriedener
Unterthan des Grossherzogs von Reisenberg.[2] Er ist das
Haupt und die Hoffnung der demokratischen Partei, die dem
Lande eine Verfassung erkämpfen will. Vivian begleitet ihn
zu einer Zusammenkunft mit dem allmächtigen Minister des
Ländchens, Herrn Beckendorff.[3] Beckendorff ist ein „Meister-
geist" (master-mind), ein Bürgerlicher, der sich durch die

[1] „Adventures are to the adventurous" heisst es in „Ixion in
Heaven", ferner in Coningsby III, 1.
„Youth must be passed in adventure Cont. Fleming I, 15.
„How full of adventure is life! It is monotonous only to the monotonous" Tancred VI, 8.
[2] Gemeint ist vielleicht der Grossherzog von Sachsen-Weimar.
[3] Nach Hitchman I p. 31 ist Fürst Metternich damit gemeint;
doch erscheint dies sehr wenig glaublich.

Kraft seines Geistes und Charakters zum Führer des Adels und
zur Stütze des Throns emporgeschwungen hat, ein allseitig
gebildeter Mann und tiefer, einsamer Denker. Er lehrt Vivian,
dass es kein Schiksal giebt, sondern dass das Schicksal des
Menschen von seinem eigenen Wesen abhängt und dass nicht
die Umstände den Menschen machen, sondern der Mensch die
Umstände, wenn er nämlich Thatkraft besitzt. [1]

Es gelingt Beckendorff, den Fürsten von Little Lilliput
durch die Verleihung der Hofmarschallswürde zu gewinnen
und als Hofmarschall trifft Vivian ihn am Hofe zu Reisenberg
wieder. Dort herrscht als Richterin des Geschmacks die
Gemahlin des Grossherzogs, Madame Carolina, die die Litteratur begünstigt, während der Grossherzog der Musik sein
Hauptinteresse zuwendet und auf die Oper seiner Hauptstadt
mit Recht stolz ist. Vivian wird bald ein Günstling des
Grossherzogs und seiner geistreichen Gemahlin.

Auf einem Hofballe erscheint eine geheimnisvolle Fremde,
eingeführt von Herrn Beckendorff und allgemein für eine un-
eheliche Tochter desselben gehalten. Sie verliebt sich in
Vivian und beide kommen heimlich in Beckendorff's Hause
zusammen. Der letztere überrascht das Paar und entdeckt
dem erstaunten Liebhaber, dass sie eine österreichische Erz-
herzogin ist, die mit dem Kronprinzen von Reisenberg
verlobt wurde. Vivian muss den Hof verlassen. Nach diesem
Knalleffekt verläuft die Erzählung im Sande. Was kann dem
Helden auch noch Grosses begegnen, nachdem eine Erz-
herzogin ihn geliebt hat?

Ein Wirtshausstreit im Stile von Cervantes, ein Dorf-
fest, welches Goethe'schen Schilderungen nachgeahmt ist, ein
furchtbarer Sturm — und dann bricht die Erzählung ab —,
nicht zu unserem Bedauern, denn das Interesse war schon
lange erlahmt. Der Held, so hören wir, reist nach Wien.

---

[1] „Fate Destiny, Chance, particular and special Providence — idle
words! .. A man's Fate is his own temper; and according to that will
be his opinion as to the particular manner in which the course of events
is regulated. A consistent man believes in Destiny — a capricious man
in Chance . ... Man is not the creature of circumstances. Circumstances are the creatures of man....." Vivian Gr. VI. Ch. VII.

§ 2. Aufnahme des Werkes und gleichzeitige
Kritik. Der zweite Teil von Vivian Grey wurde weniger
günstig aufgenommen, als der erste. Man suchte auch hier die
Urbilder zu den geschilderten Charakteren,[1] aber man nahm an
dem Helden und seinen Schicksalen nicht mehr denselben
Anteil. Auch die Kritik verhielt sich meist ablehnend. Die
„Literary Gazette" (³/₃ 1827) behauptete, nicht zu wissen, was
sie aus dem Romane machen sollte, die „Quarterly Review"
(Bd. 5 p. 420) fiel wütend darüber her, nannte das Buch „elendes
Gemengsel", „die Probe eines Gemischs von Anmassung und
Unwissenheit" und schloss ihre Kritik damit, dass das Buch ihr
„äussersten Ekel und ungemilderte Verachtung" eingeflösst
hätte.[2] Für uns kommt es zunächst darauf an, die Tendenz
des Romanes, die Weltanschauung und die Ansichten des
Dichters, wie sie sich in demselben kundgeben, kennen zu
lernen.

§ 3. Tendenz des Romanes. An einer einheit-
lichen Idee fehlt es dem Romane ganz und gar. Abenteuer
reiht sich an Abenteuer, nur zusammengehalten durch die
Person des Helden. Immerhin ist es bezeichnend, dass das
Ganze schliesslich wieder auf Politik hinausläuft.[3] Der Held,
der eben noch so bittere Erfahrungen auf diesem Gebiete
gemacht hat, wird doch bald wieder in eine politische Intrigue verwickelt und interessiert sich hauptsächlich für Parteien und Staatsmänner. In politischer Beziehung hat der
Roman auch eine bestimmte Tendenz und zwar ist diese durchaus aristokratisch und konservativ. Die liberalen Bestrebungen,
die Verfassungsbewegungen werden in der Person des Fürsten
von Little Lilliput verspottet, der seine seichten und ver-

---

[1] Der Fürst von Little Lilliput sollte Prinz Leopold (später
Leopold I. von Belgien) sein, Beckendorff—Metternich, der Grossherzog
von Reisenberg — der Grossherzog von Sachsen-Weimar oder Baden,
Julius von Aslingen — Brummel etc.

[2] „Miserable farrago", a specimen of mingled pretension and
ignorance", „utter disgust and unmitigated contempt" lauten die betr.
Bezeichnungen im Urtext.

[3] „Sooner or later, whatever may be your present conviction,
and your present feelings, you will recur to your original whishes, and
your original pursuits", sagt Beckendorff zu Vivian Grey. B. VI Ch. VII.

schwommenen Überzeugungen [1] einer Hofmarschallsstelle opfert.
Dagegen erscheint der ideale Mann, der „Meistergeist" Beckendorff, als ein conservativer Staatsmann, allerdings hervorgegangen aus dem Bürgertume. Den liberalen Bestrebungen
stellt Disraeli den Glauben an grosse Männer, den Heroen-
kultus entgegen. Hierin liegt der ethische Fortschritt gegenüber dem Cynismus des ersten Teils des Vivian Grey.
Auch sonst steht Disraeli auf dem Boden romantischer
Reaktion. Von diesem Standpunkte aus zeigt er eine entschiedene Vorliebe für den Katholizismus und zeiht Luther
der Abtrünnigkeit und der Rohheit. [2] Dieser revolutionsfeind-
liche Geist geht durch das ganze Buch.

Neben der Politik kommen auch noch andere Dinge
zur Sprache: die deutsche Philosophie, besonders der
Fichte'sche Idealismus, wird geistreich verspottet, und ihr
Nutzen geleugnet. Disraeli meint, die Philosophie solle sich
mit praktischen Fragen abgeben, um nicht blosse Träumerei
zu sein. [3] Die historischen Romane [4], die in ohnmächtiger
Nachahmung Walter Scott's statt Menschen Anzüge schildern,
werden mit scharfer Satire gegeisselt, und auch andere Zeitfragen werden witzig behandelt, wobei es dem Verfasser allerdings begegnet, von einem „Baron von Goethe" zu sprechen.

§ 4. Ästhetischer Wert des Romans. In
ästhetischer Beziehung leidet der Roman zunächst an dem

---

[1] „He has himself become a pupil in the school of modern philo-
sophy and drivels out, with equal ignorance and fervour, enlightened
notions on the most obscure subjects". VI. Ch, IV cf. auch Ch. VII.

[2] „Martin Luther, — an individual whom, both in his apostacy and
brutality, he much and only resembled". VII Ch. XII.

[3] „When I find a man, instead of meditating on our essence and
the principle of our spirit .... developing and directing the energies
of that essence and that spirit ..... When I find a man, instead of
musing over the absolute principle of the universe, forming a code
of moral principles, by which this single planet may be regulated and
harmonized: when I find him ..... demonstrating the indissoluble con-
nection of private happiness and public weal ..... I recognize in this
man the true philosopher; I distinguish him from the dreamers who
arrogate that title .....'. B. VII, Ch. III.

[4] „We have ever considered that the first point to be studied in
novel writing, is character: miserable error! It is costume etc. VII Ch. III.

Mangel einer straffen Einheit. Mannigfache Abenteuer, interessante Gespräche über allerlei Dinge, Charakteristiken von Personen, alles ohne Zusammenhang. Das ist der Inhalt. Daraus folgt eine gewisse Weitschweifigkeit, die oft und besonders gegen das Ende ermüdet. Wo dem Verfasser seine fruchtbare Phantasie versagt, da nimmt er seine Zuflucht zum Gedächtnisse und ahmt Cervantes, Goethe oder Byron nach. Einzelne Teile sind dagegen voll von Frische, Lebhaftigkeit, Witz und Humor, und besonders sind die Charaktere Beckendorffs, des Fürsten von Little Lilliput und seiner Umgebung, sowie der des Dieners Vivians, Esper George, gut zeichnet.

Im Ganzen kommt dieser zweite Teil dem ersten an Interesse nicht gleich und muss trotz mancher Vorzüge als verfehlt bezeichnet werden.

VIERTES CAPITEL.

KAPITÄN POPANILLA.

Ein Jahr nach dem Erscheinen des Vivian Grey veröffentliche Disraeli die satirische Erzählung, die entschieden zu dem Besten gehört, was er geschrieben hat und leider viel zu wenig bekannt ist. Berichten wir zunächst über ihren Inhalt.

§ 1. Inhalt. Im indischen Ocean liegt die Insel der Phantasie,[1] von Entdeckern und Missionsgesellschaften noch unerforscht, begünstigt durch ein herrliches, mildes Klima, einen fruchtbaren Boden und einen immer klaren Himmel und umflossen von der ruhigen, blauen See, deren Wellen sich an Korallenfelsen brechen. Die Männer der Insel verbinden die Lebhaftigkeit von Faunen mit der Stärke des Herkules und der Schönheit des Adonis, die Frauen sind bezaubernd wie Meeresgöttinnen. Während der Hitze des Tages schlafen die Bewohner, und Nachts erfreuen sie sich an Tanz und Schmaus. Sie sind unschuldig und glücklich, obgleich sinnlich und unwissend.

Ein Schiff scheitert an den Felsen der Insel, und die

---

[1] Nicht Irland, wie Hitchman meint. I p. 40. Irland ist das später erwähnte Blunderland.

unwissenden Insulaner halten es für einen grossen Fisch.
Ein Eingeborener, Popanilla, sucht am Gestade die Haarlocke
seiner Geliebten und entdeckt eine Kiste. Sie enthält Bücher,
Abhandlungen über Politik, Nationalökonomie, Hydrostatik,
den „universalen Sprachlehrer von Mr. Hamilton oder die
Kunst in Sprachen zu träumen" [1] und viele andere Bücher.
Popanilla vertieft sich in die Bücher, die er merkwürdiger
Weise gleich lesen kann, und zieht sich von seinen Genossen
zurück. Er kommt zu der Erkenntnis, „dass er und seine
Mitinsulaner nichts als eine Herde unnützer Wilder seien" [2],
und beschliesst, als Reformator aufzutreten. Er ergreift die
erste Gelegenheit, an den König der Insel eine lange Ansprache zu richten, in welcher er seine neu erworbenen
Kenntnisse darlegt. Er spricht von den Menschen im Natur-
zustande, dem Ursprung der Gesellschaft und den Grund-
lagen des Gesellschaftsvertrages in Sätzen, die eines Bentham
nicht unwürdig gewesen wären, er geht dann auf die Angel-
sachsen über, streift die französische Revolution und behauptet
schliesslich, dass der Mensch zu etwas Anderem geboren sei, als
um sich zu belustigen, dass das Vergnügen nicht den geringsten
Nutzen habe, dass es deshalb schädlich sein müsse und folglich
auch nicht angenehm sein könne. Er legt weiter dar, dass der
Mensch nicht für sich selbst, sondern für die Gesellschaft
geboren sei und dass ein Volk ausserordentlich glücklich,
mächtig und reich sein könne, wenn auch jedes einzelne Glied
desselben elend, abhängig und verschuldet sei. Er bedauert,
dass keiner auf der Insel sich des Zweckes seines Daseins
bewusst sei, der doch darin bestehe, sich zu vervollkommnen,
oder mit anderen Worten in der Entwicklung des Nützlichen. [3]

---

[1] „The Universal Linguist by Mr. Hamilton or the Art of Dreaming
in Languages", die bekannte Methode, auf der u. a. die Toussaint-
Langenscheidtschen Bücher beruhen.

[2] „Popanilla, who had been accustomed to consider himself and
his companios as the most elegant portion of the visible creation, now
discovered, with dismay, that he and his fellow islanders were
nothing more than a herde of useless savages". Chap. IV.

[3] „The development of utility is therefore the object of
our being and the attainment of this great end the cause of our existence".
Chap. IV.

Er verspottet die Einfachheit der Sitten, die keine Bedürfnisse aufkommen lasse und deshalb auch keine Nachfrage, folglich kein Angebot, folglich keine Konkurrenz, folglich keine Erfindungen, folglich keinen Nutzen, sondern nur ein grosses verderbliches Monopol des Wohllebens und der Bequemlichkeit.[1] Er macht dann Vorschläge für die Entwicklung der Insel. Man solle eine grosse Hauptstadt bauen, die Wälder niederhauen und daraus Schiffe herstellen, Kanäle graben, die Elephanten töten und das Elfenbein ausführen, die Schätze des Erdreichs und die grossen Häfen der Insel nutzbar machen; dann, meint er, werde nur kurze Zeit vergehn, „bis die Inselbewohner, anstatt ihr Leben in unnützem Wohlleben und zwecklosen Genüssen zu verbringen, der Schrecken und die Bewunderung der Erde werden und jede Nation von irgend welcher Bedeutung beunruhigen können".[2] Als Seine Majestät hierüber zu lächeln wagt, sagt ihm Popanilla, dass der König nur der erste Beamte des Staates sei und nicht mehr Recht habe über ihn, Popanilla zu lachen, als ein Dorfpolizist. Als Popanilla endlich fertig ist, bricht der König in ein lautes Gelächter aus und sagt zu seinen Höflingen: „Ich weiss nicht, was dieser Mann redet, aber das weiss ich, dass er mir Kopfweh macht; gebt mir ein Glas Wein und lasst uns einen Tanz machen".[3]

Popanilla lässt sich hierdurch nicht abschrecken. Er tröstet sich mit den grossen Opfern der Wissenschaft und beginnt zu wühlen und im Geheimen Anhänger zu werben. Da es auf der Insel keine Unzufriedenen giebt, so wendet er sich an die Jugend. Bald ertönen die schrillen Stimmen lehrmeisternder Jünglinge durch die ganze Insel und die Abendtänze sind verlassen. Das Treiben wird dem König

---

[1] Alles das sind den Schriften Bentham's entnommene, aber selbstverständlich carrikirte Sätze der utilitarischen Schule. Vgl. darüber weiter unten.

[2] „Ere, instead of passing their lives in a state of unprofitable ease and useless enjoyment, they might reasonably expect to be the terror and astonishment of the universe, and to be able to annoy every nation of any consequence". Chapt. IV.

[3] „I have no idea what this man is talking about, but I know that he makes me head ache; give me a cup of wine and let us have a dance" Chapt. IV.

zu arg, und er lässt Popanilla zu sich kommen. Er erklärt sich für bekehrt zu den Lehren des Neuerers und will mit der Befolgung gleich beginnen, indem er Popanilla zum Kapitän eines Zuges zur Entdeckung neuer Inseln und Anknüpfungen von Verbindungen mit fremden Völkern ernennt. „Da es der Grundsatz deiner Schule zu sein scheint", sagt er mit feiner Ironie, „dass alles auf einmal vollkommen gemacht werden könne ohne Zeit, ohne Erfahrung, ohne Mühe und ohne Vorbereitung, so habe ich keinen Zweifel, dass du, ausgerüstet mit einigen Abhandlungen, einen vortrefflichen Schiffskapitän abgeben werdest, obgleich du nie in deinem Leben auf der See gewesen bist. Lebewohl, Kapitän Popanilla[1]." Mit Gewalt schleppt man den unglücklichen Volksbeglücker in ein Schiff, das ihn, der jetzt gerne alle seine Überzeugungen widerriefe, bald auf offene See bringt.

Nach einer mehrtägigen Reise kommt er in dem Lande Vraibleusia und zwar in dessen Hauptstadt Hubbabub[2] an. Bei seiner Ankunft hält er eine Ansprache an die Eingeborenen, in der er sich für „das Opfer eines despotischen Herrschers, einer verderbten Aristokratie und eines irregeleiteten Volkes"[3] ausgiebt und in Folge dessen mit Jubel empfangen wird. Man sammelt für ihn und stopft ihm die Taschen voll Gold. Bald lernt er alle Segnungen der Cultur in diesem hochentwickelten Lande kennen, aber sie erscheinen seinem uneingeweihten Auge als die seltsamsten Widersprüche. Sein Begleiter Skindeep sagt ihm, dass Vraibleusia das teuerste Land der Welt sei, und doch bekommt er in Folge der freien

<hr>

[1] As the axiom of your school seems to be that every thing can be made perfect at once, without time, without experience, without practice and without preparation, I have no doubt that, with the aid of a treatise or two, you will make a consummate naval commander, although you have never been at sea in the whole course of your life. Farewell, Captain Popanilla. Chap. V.

[2] Natürlich England und London. Das Versteckspiel wird nicht einmal streng aufrecht erhalten. So ist z. B. von Schotten die Rede Chap. X.

[3] „You see before you banished, ruined and unhappy the victim of a despotic sovereign, a corrupt aristocracy and a misguided people." Chap. VI. Es waren das die Schlagworte der Radikalen jener Zeit, des „Redners" Hunt und des demagogischen Aufwieglers William Cobbett.

Conkurrenz einen Geldbeutel umsonst und noch ein Goldstück
obendrein. Es ist das mildthätigste Land der Welt, aber ein
Bettler, der um Almosen bittet, wird mit Schlägen bedroht.
Es ist das freieste Land der Welt und deshalb wird Popanilla
beinahe getötet, als er einen Schornsteinfeger unsanft aus
dem Wege stösst; es ist endlich — grösstes Wunder! — das
reichste Land der Welt und steckt doch über Hals und Kopf
in Schulden. Unter den Einwohnern fällt ihm besonders ein
grosser, dicker Herr auf, welcher der „Ureinwohner" [1] genannt
wird und der in Hülle und Fülle lebt, während alle anderen
um ihn her darben. Dieser Ureinwohner erhebt den An-
spruch, dass die Einwohner ihr Korn nur von ihm kaufen dürfen
und es nach seinem Gewichte in Gold bezahlen müssen.[2]

Popanilla wird bald eine gefeierte Persönlichkeit, wird
„Prinz Popanilla" genannt und besucht unter Begleitung
eines hohen Staatsbeamten alle öffentlichen Gebäude der
Stadt. In dem „Hörsaal d. h. dem Parlament sieht er eine
grosses Standbild, das aus drei Erzen zusammengesetzt ist und
ein Schwert und einen Krummstab in der Hand hält. Es
stellt die Staatsverfassung, „die gemischte Regierung", dar.
Über die richtige Art der Zusammensetzung herrschen übrigens lebhafte Streitigkeiten.[3] Zwölf Aufseher — natürlich die
Minister — haben das Standbild, das zugleich ein Uhrwerk ist,
aufzudrehen und seinen Innenbau in Ordnung zu halten.
Popanilla wohnt einer Ministersitzung bei, in der einmal beschlossen wird, ein Volk gegen seinen gewaltthätigen Herrscher
zu unterstützen, ein anderes mal einen König gegen sein auf-
ständiges Volk zu schützen, dann, dem sich in Geldnot befinden-
den Kaiser des Ostens zu helfen und gleich darauf in den Frei-
staaten des Westens durch Verfassungen und Bajonette den

---

[1] „Aboriginal Inhabitant."

[2] Die Anspielung auf die strengen Korngesetze in jenen Jahren,
welche die Einfuhr fremden Kornes bei einem Preise von unter 80 sh.
für den Scheffel Weizen verboten. Alljährlich wurde diese Frage im Parlamente verhandelt. Die ersten Erleichterungen führte Canning 1826
durch.

[3] Dies bezieht sich auf die parlamentarischen Reformbestrebungen,
die seit dem Kriege mit immer verstärkter Kraft auftraten und in dem
Gesetz von 1832 ihren ersten grossen Erfolg errangen.

rieden herzustellen. [1] Er sieht einen Streit zwischen beiden
Parteien, wobei die Aufseher angegriffen und von ihren Sitzen
gerissen werden, bis schliesslich der Centcur Chiron sie alle
hinauswirft und einziger Aufseher des Standbildes wird. [2]

In kurzem ist Popanilla der Löwe des Tages. Man
rüstet ein grosses Schiff aus, um die Einwohner der Insel
Phantasie mit allem zu versehen, was sie weder brauchen
noch wollen. Man gründet Aktiengesellschaften, um die
Hülfsquellen des Landes auszubeuten, ein allgemeiner Aufschwung tritt ein, die Spekulanten werden reich, ziehen in
Schaaren nach dem Westen und bilden eine neue Aristokratie,
der nur noch die Manieren fehlen.

Popanilla wird krank. Die Ärzte quälen ihn auf die
sinnreichste Weise, aber er genest und benutzt die Zeit der
Genesung, um eine „Abhandlung über das Obst"
zu lesen. Dieselbe ist eine hübsch durchgeführte allegorisch-
satirische Darstellung der Religionsgeschichte Englands. Der
Katholizismus erscheint als Ananas, der von aussen eingeführt und zuerst von einem bestimmten Gärtner (dem Papst)
geliefert, später aber von den Vraibleusianern selbst gezogen
wird (anglikanische Kirche); die übrigen christlichen Sekten
erscheinen als Kürbisse, Birnen und anderes Obst, der Puri-
tanismus endlich als saurer Holzapfel.

Nach seiner Krankheit macht Popanilla eine Reise nach
Blunderland (Irland), einem sehr fruchtbaren Lande, in dem
aber die grösste Wirrniss herrscht. [3] Die Leute schiessen sich
bei Tisch über den Haufen, stecken sich die Häuser in Brand
und fröhnen dem Vergnügen der Menschenjagd. Die Ursache

---

[1] Der Verfasser wendet sich gegen die äussere Politik Canning's
gegenüber Spanien und den südamerikanischen Republiken, Neapel,
der Türkei und Griechenland. Vgl. hierüber Pauli Geschichte Englands
seit den Friedensschlüssen von 1814 und 1815. Bd. I, 4. p. 265 ff.
und I, 7.

[2] Gemeint ist der Herzog von Wellington, der im Jahre 1828
nach dem kurzen Ministerium von Lord Goderich Premierminister wurde.

[3] In der Zeit vor der Katholiken-Emanzipation hielt Daniel
O'Connell an der Spitze der katholischen Vereinigung das Land in be-
ständiger Aufregung. Vgl. Pauli I p. 375 ff.

hiervon soll sein, dass die Einwohner darauf bestehen, ihre eigenen Ananas zu importieren (Katholiken zu bleiben).

Als Popanilla von diesem Ausfluge nach Hubbabub zurückkommt, wird er sehr unfreundlich empfangen, weil das Schiff, welches man nach der Insel Phantasie ausgeschickt hat, diese nicht hat entdecken können und mit allen seinen Vorräten unverrichteter Sache zurückgekehrt ist. Ein schlimmer Krach, Zahlungseinstellungen, Arbeiterunruhen, Not und Elend sind die Folgen.[1] Popanilla wird wegen Hochverrats in das Gefängnis geworfen und dann vor ein Gericht gestellt. Dies klagt ihn einer juristischen Fiktion zu Folge an, 219 Kamelogarden gestohlen zu haben, und spricht ihn dann frei[2]. Hierauf verlässt er das Land mit der Überzeugung, dass ein Volk auch zu künstlich leben und hierdurch in seinem Wesen geschädigt werden kann.

§ 2. Abfassungszeit, Gleichzeitige Kritik etc. Ich habe diese satirische Erzählung ziemlich ausführlich behandelt, weil sie mit Unrecht, sowohl von der gleichzeitigen als späteren Kritik sehr wenig beachtet worden ist. Die „Literary Gazette" brachte eine günstige Besprechung, sonst wurde sie kaum erwähnt[3] und ist früh vergessen worden. Die Biographieen Disraeli's, mit Ausnahme des Buches von Brandes, berühren sie auch nur sehr oberflächlich.

Die Zeit ihrer Abfassung fällt in das Jahr 1828, wie sich aus inneren Gründen mit Sicherheit ergiebt[4], obgleich die Gesammtausgabe von 1870 das Jahr 1827 nennt.

§ 3. Tendenz der Satire. „Kapitän Popanilla" ist für die Kenntnis der Entwicklung des Dichters von der äussersten Wichtigkeit. Die Satire zeigt uns seine Weltanschauung zu jener Zeit, seine Stellung zu den Fragen, die

---

[1] Dies war in England im Jahre 1826 der Fall. Vgl. Pauli I, 5.

[2] Dies bezieht sich vielleicht darauf, dass die Geschworenen, um die unmenschlich strengen Strafgesetze zu umgehen, die schon bei einem Ladendiebstahle von 5 sh. den Tod durch den Strang verhängten, es vorzogen, durch eine Fiktion in jedem einzelnen Falle den Wert des gestohlenen Gegenstandes unter 5 sh. zu fassen. Vgl. Pauli I p. 157.

[3] Edinburgh Review, vol. 86. p. 139.

[4] Besonders aus der Anspielung auf das Ministerium des Herzogs von Wellington (Cap. X).

die Welt damals bewegten. Das Buch ist im Geiste der Romantik geschrieben, fortschritts- und reformfeindlich. Besonders wendet sich Disraeli gegen die utilitarische Schule Jeremy Bentham's,[1] die alle staatlichen Einrichtungen nach dem „Nutzen" beurteilte und deren Hauptlehrsatz war, dass eine Verfassung darauf angelegt sein müsse, der „grösstmöglichen Anzahl von Menschen den grösstmöglichen Nutzen" zu sichern.

Diese Richtung, die damals sehr mächtig war und alle altehrwürdigen Einrichtungen des englischen Staatslebens, Königtum und Oberhaus, Parlamentswahl und Justiz einer scharfen, meist treffenden, aber auch oft einseitigen und über das richtige Mass hinausgehenden Kritik unterwarf, bekämpft Disraeli hier, wie in seinen anderen Werken.[2]

Er macht die unpraktischen Theoretiker und lehrmeisternden Philosophen lächerlich, die da glauben, mit ihren Plänen die Welt verbessern zu können und behauptet mit Rousseau und Byron,[3] dass das Glück nicht in der Cultur und nicht im Wissen liege.

Weiter beurteilt er die einzelnen Einrichtungen Englands, sowohl seine innere, als auch seine äussere Politik und auch hier vertritt er im Grossen und Ganzen den konservativen Standpunkt. Die Pfeile seiner scharfen, aber launigen Ironie richten sich ebenso gegen die unermüdliche Reformthätigkeit der Nationalökonomen und Fortschrittspropheten im Innern, wie gegen die liberale Politik Canning's nach

---

[1] Vgl. Pauli I p. 128 ff. Spencer-Walpole: A History of England from the Conclusion of the Great War in 1815. I p. 332 ff.

[2] S. bes. „Vindication of the English Constitution in a letter to a noble Lord (Lord Lyndhurst)" 1835. ferner „The Young Duke" V, 7. Vgl. hierüber weiter unten.

[3] Von Rousseau läuft eine doppelte Richtung aus. Die Romantik geht ebenso sehr auf ihn zurück, wie der Radikalismus, ebenso der konservative Novellist und Satiriker, wie der radikale Dichter Byron. Was den letzteren angeht, so vgl. man bes. Manfred I, 1: „Sorrow is knowledge; they who know the most, Must mourn the deepest o'er the fatal truth. The Tree of Knowledge is not that of Life", ferner das Gedicht: „The Island", welches einen glücklichen Naturzustand schildert und wohl die Anregung zu „Kapitän Popanilla" gegeben haben kann.

3*

nussen hin. Aber er nimmt keinen engherzigen Parteistand-
punkt ein. Dies zeigt seine feine Satire gegen die Land- und
Korngesetzgebung, die er später selbst gegen Peel verteidigen
sollte. Selbstverständlich offenbart der Verfasser seine Ansichten hier nur verneinend. Der Satiriker legt Verkehrtheiten bloss auf, aber er zeigt nicht das Richtige; er reisst
nieder, aber baut nicht auf. Die sachliche Ergänzung zu der
Satire findet sich in den späteren Schriften Disraeli's.

In religiöser Hinsicht bekundet der Dichter des „Popanilla" eine Vorliebe für den die Phantasie anregenden Katholicis-
mus, wie er das bereits in „Vivian Grey" gethan hatte.

§ 3. Aesthetischer Wert der Satire. „Kapitän
Popanilla" ist im Stil von Swift's „Gulliver's Reisen" und
„Märchen von der Tonne" geschrieben. Wenn das Werk
seine Vorbilder nicht an Tiefe erreicht, so ist es doch auch
frei von deren Bitterkeit und Menschenhass. Hübsch erzählt,
voll Laune, Geist und Witz, ist es auch heute noch, nachdem
die vielfachen zeitgeschichtlichen Beziehungen verblasst sind,
eine angenehme Lektüre und legt beredtes Zeugnis von seines
Verfassers grossem Talent für die satirische Darstellung ab.

FÜNFTES KAPITEL.

„DER JUNGE HERZOG."

Der Roman „der junge Herzog" wurde einige Jahre
nach dem „Kapitän Popanilla" veröffentlicht, gehört aber seiner
Abfassungszeit und Tendenz nach noch durchaus zu den Jugendschriften Disraeli's. Sein Inhalt ist kurz folgender.

§ 1. Inhalt des Romans. Ein junger Edelmann
von guten Geistes- und Herzensanlagen wird durch eine allen
seinen Launen nachgebende Erziehung verdorben und stürzt
sich, nachdem er sich durch Reisen und gesellschaftlichen Verkehr einen durchaus oberflächlichen Schliff angeeignet hat, mit
dem Beginne seiner Grossjährigkeit in den Strudel des haupt-
städtischen Lebens. Da er unermesslich reich ist und glänzende Feste giebt, wird er der Löwe des Tages. Die
Frauen umwerben ihn und falsche Freunde, die seine offene
Gastlichkeit zu schätzen wissen, schmeicheln seiner Eigen-

liebe. Aber ein edles reines Mädchen, die Tochter seines väterlichen Freundes, der sein Vermögen verwaltet hat und dem er mit Undank gelohnt hat, weist seine ernst gemeinten Anträge zurück.

Er sucht diese Enttäuschung in der Betäubung eines ununterbrochenen Genusses zu vergessen und ist nahe daran, das Opfer einer schändlichen Intrigue zu werden, welche von einem verschuldeten Glücksritter und einer Dame zweifelhaften Rufes gegen ihn gesponnen wird. Mit dem ersteren ficht er für seine Geliebte ein Duell aus, aber trotzdem weist diese ihn noch immer zurück, da sie kein Vertrauen zu seinen Grundsätzen und seiner Erziehung hat. Entmuthigt flüchtet er sich an den Spieltisch. Er verliert ungeheure Summen, — aber indem er die von Leidenschaft entstellten Gesichter seiner Mitspieler sieht und sich selbst im Spiegel betrachtet, durchzuckt ihn der Gedanke an die Geliebte wie ein Strahl vom Himmel und er gelobt sich Besserung. Er zieht sich von der Welt zurück, die ihn schnell vergisst, verhilft selbstverleugnend einem Vetter seiner Geliebten und vermeintlichem Nebenbuhler zu einem Parlamentssitz und tritt selbst im Oberhause mit Kraft und Energie für die Emanzipation der Katholiken ein — seine Geliebte ist eine Katholikin. So erwirbt er sich endlich des Mädchens Achtung und Hand. Die angeborene gute Anlage und die Liebe zu einer edlen Jungfrau siegen also über die Folgen einer verfehlten Erziehung und einer in Genuss und Müssiggang vergeudeten Jugend.

§ 2. Abfassungszeit u. gleichzeitige Kritik. Der oben skizzirte High-Life Roman ist erst im Jahre 1831 veröffentlicht worden, aber seine Abfassung fällt schon viel früher. Ein Teil ist jedenfalls schon auf der ersten Reise (1826) Disraeli's nach Italien, Deutschland und Frankreich geschrieben,[1] vollendet ist der Roman gewiss noch unter Georg IV.[2] Das Ereignis, welches unmittelbar vorherging, in die Hand-

---

[1] „Amid the ruins of eternal Rome I scribble pages lighter than the wind and feed with fancies volumes, that will be forgotten, ere I can hear that they are even published." The Y. D., II. 7.

[2] The reader will be kind enough to recollect that „the Young Duke" was written when George the Fourth was King. Advertisement to the Edition of Oct. 1853.

lung des Romans noch hineinragt und deren politischen Hintergrund bildet ist die nach langen Kämpfen am 13./4. 1829 auch im Oberhause genehmigte Emanzipation der Katholiken.[1]

Besprochen wurde der Roman im „Athenaeum", wo er im ganzen Anerkennung fand, wenn auch die vielfachen Abschweifungen des Verfassers getadelt wurden. Auch sonst wurde er meist günstig aufgenommen. Spätere Beurteiler stimmten hiermit nicht überein und erklärten ihn für ein sehr schwaches Werk.[2] Wir beschäftigen uns, wie wir dies auch bezüglich der früheren Romane thaten zunächst mit seiner Tendenz.

§ 3. Tendenz des Romans. „Der junge Herzog" ist ein High-Life Roman, „ein Versuch", wie Disraeli später selbst urteilt, „die flüchtigen Sitten eines etwas frivolen Zeitalters darzustellen".[3] Wie fast alle Romane Disraeli's spielt er in den höchsten Kreisen der Gesellschaft und hat die unmittelbare Vergangenheit zum Gegenstande. Es ist dies die Zeit Georgs IV., des leichtsinnigsten, selbstsüchtigsten und frivolsten Königs, der jemals auf einem Throne gesessen hat, zugleich aber auch die Zeit mächtiger volkstümlicher Bewegungen, die die Herrschaft der Aristokratie zu brechen suchten und in diese wirklich durch die Emanzipation der Katholiken die erste Bresche hineinlegten.

Der Roman streift diese Bewegungen nur. Die Katholiken-Emanzipation behandelt der Verfasser mit Wohlwollen, da die katholische Kirche ihm, wie wir schon bei den früheren Werken gesehen haben, sympathisch war. Die utilitarische Richtung, die alles, was keinen materiellen Nutzen bringt, Parks und Aristokraten, Land- und Seesoldaten, selbst Berge und Blumen verdammt, überschüttet er mit überlegenem Spotte.[4]

---

[1] Cf. Pauli I, p. 477.

[2] Cf. Hitchman I, 51. Ewald I, 14: „The Young Duke, the feeblest of his romances and which provoked his father to cry out, when told of the book: „Duke, sir, what does my son know about dukes? He never saw one in his life". Cf. Edinburgh Review vom Oct. 1837. Bd. 46 Nr. 133.

[3] Advertissement zu der Ausgabe von 1853: „It is an attempt to pourtray the fleeting manners of a somewhat frivolous ago".

[4] „Young Duncan Macmorrogh was a limb of the law, who had

Die Tendenz des Romans ist eine durchaus aristokra-
tische[1], und der Schilderung des Lebens in der vornehmen
Welt ist auch der grösste Teil der Dichtung gewidmet. Wir
werden in prächtige Paläste geführt, wohnen grossen Gast-
mählern bei, die mit Sachkenntnis und Liebe beschrieben
werden, bewegen uns in Wohlthätigkeitsbazaren, wo die
Damen ihre Toiletten zur Schau stellen und ihren Lieb-
habern Stelldichein geben, haben sogar die Ehre, mit dem
Helden zu Hofe zu gehen, lernen die Aufregung eines grossen
Wettrennens kennen und dürfen uns an den Gesprächen hoch-
geborener Personen ergötzen.

Die Moral[2] ist dieselbe, wie in Bulwer's Pelham, es wird
gelehrt, dass der beständige Genuss nicht glücklich mache,
dass das Leben einen Zweck haben müsse und dass eine edle
Natur am Ende über die Folgen einer schlechten Erziehung
und über die Verführung triumphierte und den Weg zur
Besserung finde.

§ 4. **Aesthetischer Wert des Romans.** Ein
eigentlicher Plan fehlt dem Roman. Vielmehr ist gerade
die Planlosigkeit sein Plan. „Ich verlasse mich", sagt
der Verfasser,[3] „auf die kleinen Vorfälle, die sich aus unserem

just brought himself into notice by a series of articles in „The Screw
and Lever", in which he had subjected the universe piecemeal to his
critical analysis..... His attack upon mountains was most violent....
He demonstrated the inutility of all elevation and declared that the
Andes were the aristocracy of the globe. Rivers he rather patronized;
but flowers he quite pulled to pieces, and proved them to be the
most useless in existence..... he avowed that already there were
various pieces of machinery of far more importance than man; and he
had no doubt, in time, that a superior race would arise, got by a steam
engine on a spinning-jenny". Y. D. V, 7.

[1] Man vergl. nur die folgende Stelle: „There is no pride like the
pride of an cestry, for it is a blending of all emotions. How immea-
surably superior to the herd is the man whose father only is famous!
Imagine, then, the feelings of one who can trace his line through a
thousand years of heroes and princes." II, 8.

[2] „A moral tale, though gay" heisst das Motto.

[3] „I prefer trusting to the slender incidents which spring from
our common intercourse, and if these fail and our skiff hangs fire, why,
then, I moralize on great affairs, or indulge in some slight essay on
my own defects". IV, 3.

gemeinsamen Verkehr von selbst ergeben; und wenn diese
mich im Stich lassen und unser Boot nicht mehr weiter kann,
nun dann moralisiere ich über grosse Angelegenheiten oder
ergehe mich in einer kleinen Abhandlung über meine eigenen
Fehler.“ Und an einer anderen Stelle giebt er folgendes
Rezept für einen Moderoman, welches ganz gut auch auf
den vorliegenden passt: „Nimm ein paar Pistolen und ein
Spiel Karten, ein Kochbuch und einige neue Quadrillen;
mische diese mit einer halben Intrigue und einer ganzen
Heirat, und teile dies in drei gleiche Teile.“ [1]

So ist denn der Roman voll von Abschweifungen, und
zwar beschäftigen sich diese besonders mit der Person des
Verfassers, die in sehr affektierter und dünkelhafter Weise[2]
hervortritt. Der Verfasser will vor allen Dingen als ein
Weltmann erscheinen, der nur zu seinem Vergnügen schreibt.
Er unterbricht daher die Erzählung, um uns zu berichten,
dass er auf den Ruinen von Rom schreibe,[3] dass er den
Anfang für ein Kapitel nicht finden könne, um von dem Plane
seines Buches zu sprechen[4] u. s. f. Er spottet über ernste
Dinge und gerät in Entzücken über den Duft einer Suppe,
über die Zartheit von Ortolanen und über die kunstvolle Be-
reitung einer Sauce.[5]

Zuweilen nimmt er auch die Miene des Byron'schen
Dandy, des „erhabenen Gecken“[6] an und verkündet uns,
dass alles eitel ist, dass der Ehrgeiz ein Dämon und der

---

[1] „Take a pair of pistols, and a pack of cards, a cookery book,
and a set of new quadrilles; mix them up with half an intrigue and a
whole marriage, and divide them into three equal portions“. III, 2.

[2] Disraeli sagt darüber später selbst (1853): „Young authors are
apt to fall into affectation and conceit, and the writer of this work
sinned very much in these respects: but the affectation of youth should
be viewed leniently, and every man has a right to be conceited, until
he is successful.“

[3] IV, 3.

[4] IV, 9. „Oh ye immortal gods! nothing so difficult as to begin
a chapter, and therefore have I flown to you . . . . . .“

[5] I, 10 u. a. O.

[6] In fact he was a sublime coxcomb, one of those rare
characters whose finished manners and shrewd sense combined prevent
their conceit from being contemptible“ I, 4.

Ruhm nichtig sei, beklagt sein Leben als ein verlorenes, vergleicht sich mit Nebukadnezar und spricht von Titanenstolz und dem Bewusstsein gefallener Grösse.[1]

Ausserdem findet er Raum für litterarische Betrachtungen ziemlich oberflächlicher Art über Milton und Shakespeare,[2] ferner Bemerkungen über das Ober- und Unterhaus und seine hervorragendsten Mitglieder.[3]

Von einer tieferen Charakteristik kann selbstverständlich da nicht die Rede sein. Auch hier ist alles oberflächlich, aber leicht und gefällig. Dagegen ist die Sittenschilderung gelungen, und manche Scene, so z. B. eine Spielscene, sind von grosser Anschaulichkeit und packender Kraft der Darstellung.[4]

Auch der Stil ist leicht und gefällig, oft affektiert und frivol, ohne Tiefe, aber auch ohne Härte. Byron's Don Juan ist Disraeli's Vorbild. Der jugendliche Verfasser steht unter dem Einflusse dieses Werkes, ahmt seine Art nach, die Zeichnung eines Bildes zu beginnen und sie dann mit einem Scherze zu schliessen, und entlehnt ihm sogar einzelne Ausdrücke.[5]

Manchmal finden sich auch Anklänge im Shakespeare.[6]

Der Roman ist kein Meisterwerk, gewährt aber eine angenehme Lektüre. Die Darstellung ist lebhaft und launig und auch die Affektation steht dem Verfasser gut, weil sie ächt ist.

Disraeli kennzeichnet sein Buch selbst als „half fashion and half passion",[7] halb Mode und halb Leidenschaft. Es ist ein High-Life Roman, hervorgegangen aus der Verehrung für Byron und die Romantik und aus der Freude am verfeinerten Lebensgenusse, er zeigt in seinem ganzen Geiste viel Ähn-

---

[1] Cf. II, 7; III, 18 a. a. O.

[2] Cf. III, 1.

[3] V, 6.

[4] IV, 8.

[5] IV, 3. „A plan both good, antique and popular, but not my way." Vgl. Don Juan, Canto I Str. 7

That is the usual method, but not mine —
My way is to begin with the beginning.

Vgl. auch Y. D. IV, 14 mit Don Juan I Str. 122 ff.

[6] V, 2. Dort tritt die Amme der Heldin auf mit denselben Redensarten, wie die Amme in Romeo and Juliet.

[7] IV, 3.

lichkeit mit dem kurz vorher erschienenen Werke eines mit-
strebenden Dichters mit Lytton Bulwer's „Pelham" (1828).

SECHSTES KAPITEL

KLEINERE SATIRISCHE SCHRIFTEN.

Die beiden Satiren „Ixion in Heaven" und „The Infernal Marriage" sind zwar erst nach der grossen Reise im
Jahre 1833 veröffentlicht, aber ihrem ganzen Geiste nach
gehören sie zu der ersten oder satirischen Periode des Dichters
und werden daher am besten hier behandelt.

1. IXION IN HEAVEN. [1]

„Ixion in Heaven" ist eine anmutige kleine Satire in
mythologischem Gewande nach Art Lucians.

§ 1. In halt. Der Thessalerkönig Ixion hat seinen
Schwiegervater, weil derselbe ihm einige Rosse geraubt hatte,
in einen mit glühenden Kohlen gefüllten Abgrund gestürzt
und wird deshalb von seiner Gattin verlassen und von allen
Sterblichen gemieden. Zeus nimmt ihn trotzdem in den
Olymp auf, aber dort wagt der Emporkömmling seine Augen
zur Juno zu erheben und wird deshalb in die Unterwelt
herabgeschleudert und auf ein Rad geflochten.

§ 2. Tendenz. Der Ton der Erzählung ist der frivole
Ton der aristokratischen Salons jener Zeit. Zeus (= Georg IV.)
ist ein launischer Despot, Venus eine leichtsinnige Kokette,
Minerva ein Blaustrumpf und eine spröde Schönheit, Mars
ein schnarrender, bramarbasierender verabschiedeter Offizier.
Apollo, der mit offenem Halskragen und langen theatralisch
herabwallenden Locken einhergeht, pessimistisch schwärmt und
in geistreichen Paradoxen spricht, ist Byron, Ganymed und
Mercur sind zwei Stutzer, und das Ganze ist ein recht anmutiges
Bild des Treibens der vornehmen Welt in der Zeit zwischen
dem Ende des grossen Krieges und dem Anfang der Reform.

---

[1] „Ixion" is thought the best thing I ever wrote". Lord Beaconsfield's Letters to his sister. 7./2. 1833.

§ 3. Aesthetischer Wert. Die Ausführung ist
äussert formvollendet, voll Geist und Witz und kommt auch
den Satiren Lucians fast gleich.

2. THE INFERNAL MARRIAGE.

„Die höllische Heirat" gehört zu derselben Klasse, wie
die vorige Satire, doch tritt hier die politische und zum Teil
persönliche Satire stärker hervor.

§ 1. Inhalt. Proserpina wird von Pluto entführt.
Ceres ist gegen die Heirat, aber Jupiter betrachtet sie als
eine gute Partie, da die Auswahl für Göttinnen doch sehr
gering sei. Ihr Erscheinen in der Unterwelt giebt das Zeichen
zu einer vollständigen Umwälzung. Der treue Cerberus, der
der neuen Herrscherin nicht gefällt, wird seines Amtes in
ehrenvoller Weise entsetzt, indem er zum „Oberaufseher der
königlichen und kaiserlichen Bluthunde" ernannt wird. In
Folge dessen dringt Orpheus in die nun unbewachte Unterwelt
ein und erlangt, durch die Vermittlung der Proserpina die
Befreiung der Eurydice. Wütend über diese unerhörten Neuerungen danken die Furien und Parzen ab, die bisher die Regierung geleitet haben.

Auch die Empörer Tantalus, Sysiphus und Ixion finden
Ruhe von ihren Qualen und hoffen zukunftsfreudig auf neue
Umwälzungen. Kurz, die ganze Unterwelt ist auf den Kopf
gestellt.

Proserpina wird krank. Aesculap verordnet Luftver-
änderung, und sie unternimmt eine Reise nach den elysäischen
Gefilden. Unterwegs besucht sie den vertriebenen Gott Saturn,
der mit ihr über den Zeitgeist spricht, ferner die Titanen,
die die Vertreibung Jupiters planen, und wird dann mit aller
Pracht im Elysium empfangen. Dort verbringen ein paar
tausend Familien ihre Zeit in glänzendem Nichtsthun, ge-
peinigt von nagender Langeweile, während Millionen Gnomen
unter der Erde für sie schaffen.

§ 2. Tendenz. Eine Menge Anspielungen auf gleichzeitige Personen und Ereignisse sind in die Erzählung ein-
gestreut. Der Lord-Kanzler der Hölle, der zugleich Taschen-

spieler ist, und einen Esel mit Namen „das Publikum" oder
„die öffentliche Meinung" an der Nase herumführt, ist eine
Karrikatur Lord Brougham's, der Disraeli's litterarischer und
politischer Feind war, auch schon in „Vivian Grey" und in
„Popanilla" figuriert.

Das neue Regiment ist natürlich das der Whigs, die
1830 zur Regierung kamen und die Aera der Reform ein-
leiteten. Tantalus, Sysiphus und Ixion stellen die Radikalen
dar, deren Hoffnungen in jener Zeit sehr hoch gingen. Saturn,
der gestürzt ist, weil er sich dem Zeitgeist nicht fügen wollte,
und der Meinung ist, dass die Reform nicht Sache der Aristokraten und dass der Zeitgeist Königen und Göttern feindlich
sei,[1] mag den vertriebenen König Karl X. von Frankreich
darstellen. Ausserdem werden manche politische und sociale
Verkehrtheiten mit Geist und Laune gestreift, wobei der
Verfasser sich auch selbst nicht schont.[2]

§ 3. Aesthetischer Wert. Die Erzählung ist an-
mutig und geistreich. Der Geist, der uns aus ihr entgegen-
weht, ist der der hohen Aristokratie, die genusssüchtig und
romantisch, aufgeklärt und doch fortschrittsfeindlich dahin-
lebte, bis eine grosse politische und sociale Umwälzung sie
aufrüttelte und zu Ernst und Thätigkeit zwang.

SIEBENTES KAPITEL.

DISRAELI'S STELLUNG ZU DEN ZEITSTRÖMUNGEN
WÄHREND SEINER JUGEND.

§ 1. Englands politische Lage von 1815 bis
1830. Die Zeit nach dem grossen französischen Kriege

---

[1] „I look upon the Spirit of the age as a spirit hostile to Kings
and Gods". The Inf. Marriage. III, 2.

[2] „What sort of a fellow is he? (the author of Ixion in Heaven).
„One of the most concerted dogs I ever met with", replied the king.
„He thinks, he is a great genius and perhaps he has some little talent
for the extravagant". „Are there any critics in Hell?" „Myriads ....
They are all to a man against our author". „That speaks more to his
credit than his own self-opinion" rejoined Ixion." Ixion. II, 2.

während der Regentschaft und Regierung Georgs IV. trägt durchaus den Charakter einer Übergangsperiode.

In England herrschten damals die Tories, unter deren Leitung der grosse Krieg ruhmreich zu Ende geführt worden war. Die vielfach gescheiterten Umwälzungen und Verfassungsversuche auf dem Festlande hatten sie in ihrem Glauben, dass auch die geringste Änderung vom Übel sei, noch bestärkt. Hinter all jenen Reformbestrebungen, welche schon vor der französischen Revolution in England volkstümlich gewesen, aber durch die Auswüchse jener und den Krieg zurückgedrängt worden waren, sahen sie drohend das Gespenst der Schreckensherrschaft und des Königsmordes.

In der That schien ihre Herrschaft auf unabsehbare Zeit hin begründet. Die Whigs waren, in Folge ihrer unpatriotischen Haltung während des Krieges, schwach und ohne Einfluss. Hatten doch Byron [1] und Shelley [2] Englands grössten Feldherrn, Wellington, mit ihrem Spotte überschüttet!

§ 2. Reformbewegungen in England, Jeremy Bentham. Trotz des Widerstandes der Tories regte sich auch in England mächtig der Geist des Fortschritts.

Der Verkünder dieses neuen Geistes war Jeremy Bentham.[3] Der Hauptgrundsatz seiner Staatslehre ist der Satz von dem grösstmöglichen Glücke der grössten Anzahl, von der Gemeinnützlichkeit, die in allen Staatseinrichtungen zu erstreben sei, damit Befriedigung und Genuss überall an die Stelle des Leidens und der Pein trete. Die Schwäche seiner Anschauung liegt in der einseitig-doktrinären Verkennung des geschichtlich Gewordenen und der erfahrungsmässigen Gestaltung. Er und seine Schule predigten Reform des Strafrechts und der Freiheitsstrafen, der Parlamentswahlen und des Erziehungswesens, religiöse Duldung und Freihandel. Wenn auch anfangs vielfach verspottet, gewannen

---

[1] Byron: The Age of Bronze und the Vision of Judgement.

[2] Shelley: Masque of Anarchy.

[3] Pauli, Geschichte Englands. (Leipzig 1864—75), I 128 ff. Spencer-Walpole History of England from the conclusion of the great war (2. Aufl. 1880. 86. 2 Bde.), I 332.

die gesunden Grundsätze seiner Schule doch immer mehr an
Boden. [1]

§ 3. Die Romantik. Der fortschrittlichen Richtung feindlich gegenüber stand die rückschauende Bewegung
der Romantik, die zunächst die Dichtung beherrschte und dann
ihre dort gefundenen Ideale auf das Staatsleben übertrug.
Zu ihr zählten unter den englischen Dichtern besonders Walter
Scott, der Hofpoet Southey, Coleridge und Woodsworth,
während Thomas Moore, Shelley und Byron dem politischen
Radikalismus huldigten.

§ 4. Unzufriedenheit des Volkes. Der Radikalismus wurde besonders gefördert durch eine weitverbreitete
Unzufriedenheit, die von radikalen Agitatoren, wie William
Cobbett [2] und Henry Hunt geschürt wurde. Diese Unzufriedenheit hatte ihren Grund vorzüglich in den drückenden Korn-
zöllen, den unmenschlichen Strafgesetzen und den veralteten
Armengesetzen. Dazu kam der Aufschwung der Industrie
durch die Erfindung der Maschinenspinnerei und die An-
wendung des Dampfes, welche eine ungeheure Anhäufung der
Bevölkerung in den Städten zur Folge hatte.

So brachen denn häufige Unruhen aus, von denen die
gefährlichste der Aufstand in Manchester (16./8. 1818) war,
vom Volke „die Schlacht bei Peterloo" genannt. Die Folge
dieses Aufstandes war eine harte Polizeigesetzgebung.

§ 5. Hof und Gesellschaft. Georg IV. trug
durch sein sittenloses, ausschweifendes Leben wesentlich dazu
bei, das Ansehn des Königthums bei dem Volke zu untergraben,
während er die Aristokratie durch sein Beispiel verdarb.
Besonders erregte der Ehebruchsprozess gegen die Königin
Charlotte, die sog. königliche Bordellkomödie, allgemeinen
Abscheu. Der hohe Adel ahmte dem „ersten gentleman

---

[1] Bentham was the philosopher then affected by young gentlemen
of ambition, and who wished to have credit for profundity and hard
heads. Lord Beaconsfield Endymion I. 87.

[2] Er gab Zeitschriften heraus, von denen das „Weekly Register",
die erste billige Wochenschrift (2 d.), einen ungeheuren Erfolg hatte.

Europa's" nach, hielt Maitressen, spielte, wettete, trank, machte
Schulden, ergötzte sich an allerlei unsauberer Kurzweil.

§ 6. Allmählicher Umschwung. Dennoch ist
gerade die Regierung Georgs IV. der Anfang des Um-
schwungs. Seine geringe Willenskraft hinderte wenigstens
die Reformer nicht und wurde so in gleicher Weise segens-
reich für England, wie einst die Schwäche König Johanns. Zunächst vollzog sich dieser Umschwung in der äussern Politik.
Unter dem Beifall der Liberalen von ganz Europa[1] brach
Canning mit der heiligen Allianz und ihrer Politik der Völker-
bedrückung. Auch im Innern gewann der Geist der Reform
an Boden, die Korngesetze wurden etwas gemildert und nach
Canning's Tode musste das konservative Ministerium Peel-
Wellington aus Furcht vor der Revolution und dem Bürger-
kriege den Katholiken die volle Emanzipation zugestehn. So
wurde in die oligarchische Verfassung Englands die erste
Bresche geschossen.

§ 7. Disraeli's Stellung zu den Zeitfragen.
Alle diese streitenden Systeme und Meinungen fanden einen
Widerhall in den Jugendschriften Disraelis. Sein Standpunkt
aber ist von vorherein bestimmt. In dem grossen Kampfe
zwischen Regierten und Regierenden, zwischen Volk und
Aristokratie, zwischen Freiheit und Autorität steht er auf der
Seite der Regierenden, der Aristokratie, der Autorität. Es ist
falsch, wenn man behauptet hat, dass er ursprünglich radikal
gewesen sei und später aus Eigennutz die Partei der Tories
ergriffen habe.

In Vivian Grey stellt er den Lehren der Gleichheit
und Freiheit das Geburtsrecht des genialen, von der Natur
zum Herrschen berufenen Mannes entgegen. In „Popanilla"
und in dem „jungen Herzog" verspottet er die Philosophen,
die die Welt nach abstrakten Theorieen umgestalten wollen, die
Fanatiker des Fortschritts. Auf der anderen Seite ist er
aber ebensowenig ein Fanatiker des Stillstandes, ein Reak-
tionär der alten Schule. Die Pfeile seines Spottes richten

---

[1] Vgl. Byron: Age of Bronze; Heine: Englische Fragmente.

sich auch gegen die Kornzölle und das veraltete Gerichts-
verfahren; er tritt für die Gleichberechtigung der Katholiken
ein, denen er als Romantiker besonders geneigt ist. [1]

So erscheint er als Aristokrat und Conservativer. Durch-
drungen von der Notwendigkeit der Autorität steht er allen
Neuerungen misstrauisch gegenüber und setzt sein Vertrauen
auf die Mächte der Geschichte und auf den Einfluss grosser
Individualitäten.

[1] Vgl. Vivian Grey VIII, 12. Pop. u. The Young Duke a. a. O.

ANHANG.

ZEITTAFEL ÜBER DISRAELI'S LEBEN UND DIE GLEICHZEITIGEN EREIGNISSE DER GESCHICHTE ENGLANDS.

Englische Geschichte.

1811—20. Regentschaft des Prinzregenten während der Krankheit und des Wahnsinns seines Vaters Georg III.

1812—27. Herrschaft der Tories unter dem Ministerium des Lord Liverpool.

1812. Erscheinen von Byron's Childe Harold.

1817, 1819. Erscheinen der Schriften Jeremy Bentham's. Umtriebe der Demagogen William Cobbett und H. Hunt, Unzufriedenheit der Arbeiter, Reformbestrebungen.

1819 10./8. Aufruhr in Manchester, die „Schlacht bei Peterloo". In Folge dessen Polizeigesetzgebung: die sechs Knebelbills.

1820. Tod Georg's III.
1820—1830. Georg IV.

Disraeli's Leben.

1804 21./12. Benjamin Disraeli wird in London in King's Road Gray's Inn geboren und nach dem bekannten Ritus in das Judentum aufgenommen. Er besucht mehrere Jahre lang die Privatschule des Mr. Poticary zu Blackheath.

1817. Tod des Grossvaters Benjamin Disraeli's.
— 31./7. Disraeli wird (mit seinem Vater) getauft in St. Andrew's Church, Holborn. Sein Pathe ist Sharon Turner. Er wird in die Schule des Dr. Cogan, eines Unitariers zu Walthamstow, aufgenommen, aber aus derselben wieder verwiesen.

Englische Geschichte.	Disraeli's Leben.
1820. Verschwörung zur Ermordung der Minister (Catostreet-Conspiracy), Ehebruchprozess gegen die Königin Karoline (die sog. „königliche Bordellkomödie").	**1821** 18./11. Disraeli kommt zu einem Advokaten in die Lehre, bei welchem er drei Jahre arbeitet.
1822. Selbstmord Castlereagh's. Canning wird auswärtiger Minister. Umschwung der äusseren Politik in liberalem Sinne. Anfänge der Reform im Innern.	
1823. Gründung der „katholischen Association" in Irland durch Daniel O'Connell.	**1824.** Disraeli wird als Rechtsstudent in die Korporation von Lincoln's Inn aufgenommen, tritt jedoch nach drei Jahren wieder aus.
	1825. Disraeli's Vater zieht von London auf das Land nach Bradenham House.
	1826 9./4.—7./6. Disraeli giebt eine Zeitschrift „The Star Chamber" heraus.
	— Vivian Grey, erster Teil, erscheint bei Colburn.
	— Disraeli macht mit der Familie Austen eine Reise nach Frankreich, Deutschland und Italien.
1827. Tod Lord Liverpool's. Canning wird Premierminister.	**1827.** Vivian Grey, zweiter Teil.
— 8./8. Tod Canning's. Lord Goderich wird Premierminister.	
— 20./10. Schlacht bei Navarino.	
1828. Wellington Premierminister.	**1828.** Die Satire „Captain Popanilla" erscheint (Colburn).
— Wahl O'Connell's zum Abgeordneten in Clare in Irland.	
1829 13./4. Emanzipation der Katholiken.	
1830. Tod Georg's IV.	**1830** Juni. Disraeli unternimmt mit dem Bräutigam seiner
1830—37. Wilhelm IV.	

Englische Geschichte.

1830. Julirevolution in Frankreich.

— Erste Eisenbahn von Manchester nach Liverpool.

— Parlamentswahlen. Wellington dankt ab. Lord Grey
bildet ein Ministerium aus Whigs
und Anhängern Canning's.

1831—32. Der Kampf um die
erste Reformbill.

1832 7./6. Die Reformbill angenommen.

— 3. 12. Parlamentswahlen.
Grosser Sieg der Whigs.

- Beginn der sog. „Oxforder
Bewegung" in der anglikani-
schen Kirche.

1833—41. Erscheinen der „Tracts
for the Times" von John Henry
Newman.

1833. Erster Antrag auf Zulassung der Juden zum Parlamente, gestellt von Charles
Grant. Derselbe fällt durch,
wird aber fast jährlich wieder-
holt.

1834. Lord Grey tritt vom Ministerium zurück. Lord Melbourne
wird Premierminister.

— Der König entlässt eigen-
mächtig die Minister wegen
Uneinigkeit. Sir Rob. Peel wird
Premierminister. Parlaments-

Disraeli's Leben.

Schwester eine Reise nach
Spanien, Albanien, Griechenland und verbringt den Winter
in Constantinopel.

1831. Disraeli bereist Syrien und
Aegypten.

— Während seiner Abwesenheit
erscheint der schon früher
verfasste Roman „The Young
Duke".

— Er kehrt nach Hause zurück.

1832. Contarini Fleming erscheint.

— 9./6. Disraeli zum ersten Male
Parlamentskandidat in High
Wycombe gegen den Sohn des
Premierministers, den Obersten
Grey. Programm radikal-tory-
istisch. Er fällt durch.

— 27. 11. Disraeli abermals
Parlamentskandidat daselbst.
Er fällt wieder durch.

1833. Erscheinen der Satiren
Ixion in Heaven und The
Infernal Marriage.

— Erscheinen von David Alroy
und The Rise of Iskander.

— In der Flugschrift „What
is he?" entwickelt Disraeli
sein politisches Programm.

— Disraeli Parlamentskandidat
für Marlybone. Jedoch tritt die
erwartete Vakanz nicht ein.

1834. „The Revolutionary
Epic" — ein Misserfolg.

— Disraeli Parlamentskandidat
für High Wycombe. Er hält
eine längere Rede, die unter
dem Titel „The Crisis examined"

Englische Geschichte.

Disrealis Leben.

wahlen, Peel's Manifest an die Wähler von Tamworth.

1835. Sturz Peel's. Melbourne wird wieder Premierminister. — Reformthätigkeit der Whigregierung.

gedruckt wird. Er fällt zum dritten Male ·durch.

1835. Disraeli Conservativer Parlamentskandidat in Taunton. Streit mit O'Connell, Forderung, Zeitungspolemik in der „Times" und in dem „Globe". Disraeli fällt durch.

— „Vindication of the English Constitution"; die Schrift enthält Disraeli's Ansichten über die Geschichte Englands und über die Aufgabe der Tory-Partei.

1836. „The Runymede Letters". In der „Times" erscheinen unter diesem Namen 19 Briefe persönlich - satirischen Inhalts, die wohl nicht mit Unrecht Disraeli zugeschrieben werden.

— Der Roman „Henrietta Temple" erscheint bei Colburn.

— Disraeli wird in den „Carlton Club", den vornehmsten konservativen Club aufgenommen.

1837. Tod Wilhelm's IV. — Königin Victoria. — Parlamentswahlen. Sieg der Whigs.

1837. Der Roman „Venetia" erscheint.

— Disraeli wird für Maidstone in das Unterhaus gewählt.

— 7./12. Jungfernrede. Grosser Misserfolg. Disraeli's-berühmte Prophezeiung.

1838. Krönung der Königin. -- Radikale Versammlung in Birmingham; die Volkscharta wird aufgesetzt und die Chartistenpartei gegründet.

— Versammlung zu Manchester. Bildung der Anti-Corn-Law-League unter Charles Villiers. Später treten Cobden und Bright an ihre Spitze.

1839. Ueberreichung der grossen Chartistenpetition.

— Das Ministerium wird ge-

1838. Disraeli spricht häufiger im Parlament und mit besserem Erfolge.

1839 12./7. Grosse Rede Disraeli's für die Chartisten.

Englische Geschichte.	Disraeli's Leben.

Englische Geschichte.

dung einer Schutzzollpartei
unter Lord George Bentinck
und Disraeli.

1846. Peel gestürzt durch die
Liberalen und die Schutzzöllner.
— Lord John Russel Premier-
minister.

1847. Parlamentswahlen.
— Debatte über die Zulassung
der Juden zum Parlament.
Das Unterhaus nimmt die Bill
an, das Oberhaus verwirft ihn.

1848. Februar - Revolution in
Frankreich.
— 10./4. Verunglückte Versammlung der Chartisten in
Kennington Common.
— 21.9. Tod George Bentinck's.

1851. Eröffnung der ersten Welt-
ausstellung in London.

1852. Sturz des Lord John Russel:
erstes Ministerium Derby-
Disraeli.
Disraeli's Budget ver-
worfen.
Parlamentswahlen zu Un-
gunsten der Regierung,
welche abdankt.
Ministerium A b e r d e e n.
Gladstone Schatzkanzler.
„Ministerium aller Talente".

1854. Beginn des Krimkrieges.

Disraeli's Leben.[1]

1847, Disraeli als „Knight of
the shire" für Buckinghamshire
gewählt.
— George Bentinck tritt in Folge
der Abstimmung der conservativen Partei bei der Frage
der Zulassung der Juden zum
Parlament von der Leitung
der Partei zurück. Disraeli
wird der eigentliche Leiter.
— Tancred erscheint.

1848 17./1. Tod des Vaters Dis-
raeli's.
— Disraeli kauft Hughenden
Manor in Buckinghamshire.

1849. Disraeli als Führer der
Conservativen im Unterhause
anerkannt. Lord Stanley (später
Lord Derby) wird Führer der
Conservativen im Oberhause.
— Disraeli giebt die Werke
seines Vaters heraus mit einer
Biographie desselben.

1852. Disraeli's „Life of Lord
George Bentinck" erscheint,
wichtig durch die Apologie des
Judentums, die es enthält.
(Cap. XXIV.)

---

[1] Von dieser Zeit fällt die Lebensgeschichte Disraeli's vielfach mit
der politischen zusammen.

Englische Geschichte.	Disraeli's Leben.
Parlaments nach Malta geschickt. Verträge zwischen England, Russland und der Türkei, Abänderungen des Friedens von Stefano betreffend. Berliner Congress. England vertreten durch Lord Beaconsfield, Salisbury und Russel. Cypern an England abgetreten. Glänzender Empfang Lord Beaconsfields bei der Rückkehr nach England.	**1878.** Höhepunkt der politischen Laufbahn Disraeli's. Besuch der Königin in Hughenden.
1878 18./7. Rede Lord Beaconsfield's im Oberhause zur Verteidigung des Berliner Vertrags. Kriege in Afghanistan und Südafrika, letzterer sehr unglücklich.	
1880. Parlamentsauflösung. Sturz Lord Beaconsfield's. Gladstone Premierminister.	**1880.** Der schon früher begonnene Roman Endymion erscheint.
	1881. 18. 4. Disraeli stirbt. Auf seinen Wunsch wird er in Hughenden neben seiner Gemahlin beigesetzt.

THESEN:

1) Die deutschen Beurteiler Disrali's haben Un-recht, an seiner Aufrichtigkeit zu zweifeln und ihn als einen überzeugungslosen Streber hinzustellen.

2) Es wäre wünschenswert, dafs das Englische im akademischen Studium mit dem Deutschen, statt wie bisher mit dem Französischen verbunden würde.

3) Der frz. Personalausgang — óns (aimóns etc.) ist = — umus (Anbildung an sumus), nicht = — amus.

4) Die Bezeichnung „starke Konjugation" ist für das Romanische unberechtigt.

Opponenten:

Herr Dr. A. Wackerzapp,
Mitglied des pädagogischen Seminars.

Herr Casper Fischer,
Kandidat des höheren Schulamts.

Herr Göbel, stud. phil.

LEBENSLAUF.

Ich bin geboren am 4. Dez. 1862 als Sohn des Sanitäts-
rats und Kgl. Kreisphysikus Dr. S Aronstein, jetzt wohnhaft
zu Eckenhagen (Rheinprovinz), und der Bertha geb. Lewin.
Meine Mutter habe ich leider schon vor fast 10 Jahren ver-
loren.

Von Ostern 1875 bis dahin 1880 besuchte ich das Archi-
gymnasium zu Soest, welches ich mit dem Zeugnis der Reife
verliess. Darauf studierte ich zu Bonn, Berlin und Münster
romanische und germanische Philologie und bestand am 5. Febr.
1885 die Prüfung für das höhere Lehramt. Nachdem ich zu
Frankfurt a/M. mein pädagogisches Probejahr beendet hatte,
begab ich mich im Herbste 1886 in das Ausland (Belgien,
Schweiz und England), um meine praktische Fertigkeit in
dem Gebrauche der fremden Sprachen zu vervollkommnen.
In England war ich zugleich als Lehrer thätig. Seit Herbst
1888 habe ich in Offenbach a/M. in der Goetheschule und
kaufmännischen Fortbildungsschule als Lehrer des Französi-
sischen, Englischen und Deutschen gewirkt.

Meine Lehrer waren in Bonn die Herren Prof. Birlinger,
Bischof, Bona Meyer, Förster, Knodt, Maurenbrecher, Neu-
häuser, Trautmann, Wilmanns und die Herren Lektoren Dr.
Ayméric und Piumati; in Berlin die Herren Prof. Napier,
Paulsen, Tobler, Zupitza und die Herren Lektoren Feller und
Rossi, in Münster die Herrn Prof. Hagemann, Körting,
Spiecker und Storck. Allen diesen meinen verehrten Herren
Lehrern sage ich hierdurch meinen herzlichsten Dank. Be-
sonders aber danke ich noch Herrn Prof. Dr. Körting in
Münster für seine Anregung zur Abfassung dieser Arbeit.

Ph. Aronstein.